室町和歌への招待

林達也・廣木一人・鈴木健一

笠間書院

●はじめに

乱世にも詠まれ続けられた和歌

廣木一人

長享元年（一四八七）九月十二日、室町第九代将軍足利義尚《あしかがよしひさ》は、近江の守護六角高頼《ろっかくたかより》を討つためにみずから出陣した。将軍の出陣は三代義満以来であった。

うき秋は思はざりけりささなみや浜辺に年の暮れんものとは（本書133ページ）

はその義尚の歌である。「湖辺歳暮」という題で詠まれたものであるが、都を離れて年を越さねばならない心情が込められている。義尚は出陣から二年後、都に戻ることなく近江の鈎《まがり》の陣屋で没する。

それからおよそ百年後、一五九八年、豊臣秀吉がその波乱に満ちた生涯を閉じた。秀吉は次のような辞世を詠んだと伝えられている。

露と落ち露と消えにし我が身かななにはの事も夢のまた夢（本書188ページ）

義尚の出陣前後から徳川政権樹立直前まで、本書はその百年間の和歌世界を見渡すことを目指した。世に言う戦国時代にほぼ該当する。秀吉の言葉を借りれば、武将らの「夢のまた夢」の跡と言えるかも知れない。

戦国時代をいつからいつまでとするかは論者によってさまざままであり、我々編者に取り立てた主張があるわけではない。ただ、一般に文学など存在しないかに思われている時期を取り上げたかったということである。

もう少し本音を言えば、正徹《しょうてつ》（一三八一～一四五九）や心敬《しんけい》（一四〇六～一四七五）、東常縁《とうのつねのり》（一四八四頃没）以後の人々を、そして細川幽斎《ほそかわゆうさい》（一五三四～一六一〇）は入れずにというのが、我々の漠然とした了解事項であった。これらの人々は話題にされることの少ない室町後期歌人の中では、幾分か注目度が高く、本書以外でも取り上げられる期待があるからである。

この時期の和歌史の概要は本書末の「解説」によってほしいが、手元の簡単な一般的な年表を繙くと、この時代は武士の名しか出て来ず、争いの記述ばかりが目立つ。文化的活動などなきがごときである。しかし、『史料綜覧』という日ごとに史料のありかを一覧している書を見ると、実はさまざまな宮廷行事や公家たちの文芸の会などの記録が頻繁に出て来、歴史を一面からのみ見てはならないことを思い知らされるのである。

本書の始めには飛鳥井《あすかい》雅康《まさやす》を取り上げた。その項には、

閨《ねや》にもるすきまの風にともし火の光を花と匂ふ梅が香（本書7ページ）

という歌が掲出されている。この歌には「青蓮院《しょうれんいん》にて百首歌」云々という詞書のあることも同箇所で示した。青蓮院は今も観光名所として人気のある京都の門跡寺院である。室町第六代将軍義教《よしのり》がこの寺で若き日々を過ごし、クジで選ばれて将軍となったということはよく知られる事柄であろう。

この詞書でも分かるように、この青蓮院をはじめ貴顕の子弟が入った門跡寺院では、戦国期も昔ながらの歌会が催されていたのである。勿論、応仁の乱後復興した内裏も、公家邸もそれなりに健在であった。世の戦乱とは一見無関係のように、これらの邸第では営々と歌会が行われ続けた。冷泉《れいぜい》・飛鳥井などという歌道家も覇を競っていた。

一方で武家の方も負けてはいなかった。次の歌は、応仁の乱末期の西軍の立役者であり、中国地方を支配した大内政弘のものである。戦国武将であってもこのような王朝絵巻のごとき和歌を詠んでいるのである。

風送る後ろの簾巻き上げて行くや涼しき夜半《よは》の小車《を》（本書120ページ）

そもそも武士にあっては文武両道というのが建前であった。武士も戦いにのみ生涯を費やしていたわけではなかった。本書には武田信玄や北条氏康なども選び入れているが、多くの武士が和歌を詠むだけの素養があったのである。

これらの歌が新古今時代のものと比べて、いかなる文学的価値があるかは言ってもしかたがないことであろう。しかし、和歌が広範な社会的階層に及び、教訓歌・俳諧歌のようなものも含めて、多様性を持ち始めたのがこの時代であったことは忘れてはならないことだと思われる。

五月雨は岩の雫を舞ひ出づるかたつぶりをぞ訪ふ人にする（本書261ページ）

という歌は連歌師宗長《そうちょう》のものであるが、このような日常生活中の実感を込めた歌は、次世代の木下長嘯子《きのしたちょうしょうし》（一五六八〜一六四九）や戸田茂睡《とだもすい》（一六二九〜一七〇六）らの出現の予感させないだろうか。

前述したような伝統的な歌会での題詠歌、武家の歌、公家・武家双方に接触し、地方に旅し、階層や地域を越えたネットワークを構築した連歌師の歌、蓮如《れんにょ》のような民衆の心を掴んだ宗教者の歌、荒木田守武《あらきだもりたけ》のような俳諧の祖と目される者の特色ある歌も詠まれた。このようなごった煮のような和歌世界の中から、着実に江戸時代の足音も聞こえ始めていたと言ってよく、室町後期の和歌の魅力はこの混沌としているかに見える総体にあると言ってもよいかも知れない。

本書によって、広く室町後期の和歌が読まれるようになることを願ってやまない。

◉はじめに

Ⅰ　天皇・公家歌人

Ⅱ　武家歌人

目次

Ⅰ　天皇・公家歌人

甘露寺親長

【プロフィール】　かんろじちかなが

応永三一年（一四二四）～明応九年（一五〇〇）、七七歳。享徳二年（一四五三）権中納言、延徳四年（一四九二）権大納言、明応二年出家した。法名は蓮空。応仁の乱のさなか、後土御門天皇に近侍した。宮廷歌会への出座は早く、永享末年（一四四〇）ごろから見える。寛正六年（一四六五）に足利義政が企図した二二番目の勅撰集（応仁の戦乱のためならなかった）では寄人にもなっている。応仁の乱以後の歌会においても旺盛な活動を見せている。日記に『親長卿記』、歌集に『親長卿詠』がある。

田早秋

風わたる早稲田《わさだ》の稲のうちなびき
色づきそむる秋は来にけり

（将軍家歌合　文明一四年六月）

【通釈】

風が早稲の田の面を渡るにつれてなびく稲の穂が色づいてきた。秋の訪れだ。

【鑑賞】

文明一四年（一四八二）六月一〇日催された「将軍家歌合」は、将軍足利義尚《よしひさ》が催したものであり、義尚・近衛政家《このえまさいえ》・尊応《そんのう》（天台座主）・冷泉為広《れいぜいためひろ》・三条西実隆《さんじょうにしさねたか》・正広《しょうこう》・宋世飛鳥井雅康《そうせいあすかいまさやす》・道興《どうこう》・一条冬良《ふゆら》等の公武僧俗二〇名が出詠した。題者は宋世。判者は栄雅《えいが》飛鳥井雅親《まさちか》であり、折句《おりく》によって勝敗を記している。一〇代後半に入った義尚（文明一四年は一八歳）の和歌活動は頗る旺盛であり（井上宗雄『中世歌壇史の研究　室町前期』明治書院）、近衛政家の日記『後法興院記《ごほうこういんき》』文明一四年閏七月一一日に、今日も義尚から二〇首の題が回ってき、今夜中に詠進せよとのことだが、こんな風に頻繁に詠進指令が来ると大変に「迷惑」であるとの記事が見られる。応仁の乱後の文運復興に力を尽くした親長はこうした熱心な義尚の和歌活動の中心にも位置を占めていた。

掲出歌の歌題「田早秋」は文永二年（一二六五）七月七日「白河殿（禅林寺殿）七百首」が早く、正徹《しょうてつ》『草根《そうこん》集』、正広『松下《しょうか》集』、姉小路基綱《あねがこうじもとつな》『基綱集』、実隆『雪玉《せつぎょく》集』に見られるが、正徹歌以外は三首ともに、この「将軍家歌合」における詠であり、一般に広く行われた歌題ではなかったようである。

掲出歌は、紛れるところのない措辞で光景の思い描きやすい歌となっている。そしてそこに描かれる光景は「将軍家歌合」に同座する歌人たちの共有するものであったようである。「田早秋」題も、同歌合の他題と同じく各題一〇番二〇首構成である。この題では、「稲葉」に吹く「風（の音）」に秋の訪れをいち早く知るという趣向、「穂に出づる」、「色濃き（色かはる・色づき）」といった表現が多く見られ、時に「露」が添えられ、「田」の「早秋」の景が形象されている。掲出歌はそうした共有される「田早秋」の範囲の中で詠まれているが、ただし、よどみのない、言い換えれば、読み手が読む行為を中断させて読みを確認する時間をもてない言葉の流れとして一首全体が構成されており、そのことが同題二〇首の中で目立つところである。

秋の田の稲葉の色づきに焦点をあてた歌には、

秋風に小田のかりほのかたよりになびく末葉の露ぞ色づく（内裏百番歌合建保四年・藤原忠信《ただのぶ》）

山本のむかひの早稲田見渡せば稲葉色づき秋風ぞ吹く（信実朝臣《のぶざねあそん》集）

などがあり、田面《たのも》を吹く風に秋を見る歌には、

山城の鳥羽《とば》田の面《おも》を見渡せばほのかに今朝ぞ秋風は吹く（詞花集・秋・曾禰好忠《そねのよしただ》）

などが早い例としてある。こうした歌を継承しながら、『新拾遺集』（秋下）になると、

雁鳴きて夜寒になれば初霜のおくての稲葉色づきにけり　藤原為信

夕日さす田面の稲葉うちなびき山本遠く秋風ぞ吹く　二条為氏

夕日さす田面の稲葉末とほみなびきもはてずよわる秋風　花園院

明けわたる山本遠く霧晴れて田面あらはに秋風ぞ吹く　小倉公雄《きんお》

と撰歌されるようになり、勅撰集の中でもこうした光景を詠むことが定着してゆく様を見ることができ

る。「田早秋」題の設定はこうしたことがらが背景となったものなのかもしれない。

ともあれ、一五世紀後半の趣向を巧むことを主とする歌の作り方を大勢とする中にあって、こうした嘱目の景を設定して閑寂の中に美を求め、それを簡素な表現で結構する自然詠も行われていたことに注目したい。

（林）

飛鳥井雅康

【プロフィール】　あすかいまさやす

永享八年（一四三六）～永正六年（一五〇九）、七四歳。法名は宋世、号は二楽軒。雅世二男。飛鳥井家の家の学、蹴鞠・和歌にすぐれ、和歌については三〇代半ばには歌会等において中心的な役割を果たした。蹴鞠関係の書から和歌・歌学、連歌に業績を残し、書道二楽流の祖でもある。

青蓮院《しやうれんゐん》にて百首歌人々によませられしに、夜梅

閨《ねや》にもるすきまの風にともし火の
　光を花と匂ふ梅が香

（雅康集）

【通釈】
閨の隙間から忍び込む風に灯火が揺らぎ、その光は閨の内に梅の花が咲いたかと思わせる。そこを源とするかのように、室内に梅の香が漂う。

【鑑賞】

詞書は「青蓮院にて百首歌人々によませられしに　夜梅」とあるように、粟田口《あわたぐち》の青蓮院での歌会の歌である。座主は尊応《そんのう》か尊伝。夜の梅を素材とした歌では、『古今集』春上の凡河内躬恒《おおしこうちのみつね》の「春の夜の闇はあやなし梅の花色こそ見えね香やはかくるる」のように、闇にまぎれて梅の姿が見えず、香だけが匂うや、「久かたの月やはにほふ梅の花空行くかげを色にまがへて」（拾遺愚草・藤原定家）、「梅が香もあまぎる月にまがへつつそれとも見えず霞むころかな」（新勅撰集・春上・九条道家）のように白梅と月とを紛うといったかたちのものが見られる。また、夜の室内に梅の香が漂うという歌も、「たが垣根そこともしらぬ梅が香の夜半《よは》の枕になれにけるかな」（新勅撰集・春上・式子内親王）のようにあり、軒近き梅の香が閨に漂うという体の歌も多い。

さて、雅康の歌についていえば、戸外の梅の香が夜の閨に漂うことをテーマにしている点では取り立てて言うべきことはない。しかし詞、あるいは趣向に注意しなければならないところがある。

まず、「すきまの風」についてである。「すきまの風」は『拾遺集』恋四の

手枕《たまくら》のすきまの風も寒かりき身はならはしの物にぞ有りける（読人不知）

以来、供寝・一人寝を言う際の表現、つまり恋の歌詞として定着している。一三世紀半ばの『宝治《ほうじ》百首』、

妹と寝《ぬ》るすきまの風ぞなほ寒きいつならひける心なるらん（後嵯峨院）

も歌題「寄風恋」のとおりであって供寝の床に忍び込む風を詠む。しかし、ほぼ同時代、飛鳥井雅有《あすかいまさあり》『隣女集《りんじょしゅう》』の

梅近き夜床《よどこ》寝《ね》なれば手枕のすきまの風も花の香ぞする

や、さらに約一世紀後の

梅が香は閨にもりきて手枕のすきまの風も匂ふ夜半かな（延文百首・覚誉《かくよ》法親王《ほっしんのう》）

春の夜の寝覚の床は手枕のすきまの風も梅が香ぞする（続草庵《ぞくそうあん》集・頓阿《とんあ》）

はいまだに「すきまの風」の本意は匂わせているものの、「恋」を離れて「梅香」を主題とする歌に使われている。そして一五世紀以降になると、

槙の戸のすきまの風も灯の影ならはしにのこる夜半かな（草根《そうこん》集・正徹《しょうてつ》）

あらはなる閨のすきまの山風になれてやのこる窓の灯（拾塵《しゅうじん》集・大内政弘《まさひろ》）

軒ばもるすきまの風に夢さめて梅が香さむき夜半の手枕（卑懐《ひかい》集・姉小路基綱《あねがこうじもとつな》）

などと詠まれ、「すきまの風」は本意は失われ、専ら「ひま吹く風」と同意に用いられるようになる（ただ、『草根集』では本意を生かしている例がある）。雅康の「すきまの風」もこうした同時代の歌群のなかにある。

次に、「ともし火の光を花と」の表現である。夜の戸外ではしかと見定めがたい梅の花をあるはずの

ない室内で見、そこから馥郁たる梅の香りが発するという感受は、すきまの風によって揺らぐ灯火を梅の花と幻視することによって生じているのであって、風に揺らぐ灯火に注目した歌は正徹などにもあるものの、こうした趣向のありようはおそらく雅康以前にはなかったと思われる。趣向というよりも、灯火に一人向かう春の夜、梅の香りに誘われた雅康の詩心のありようというべきであろう。この歌はおそらく同時代、あるいは後世に及んでいるのであって、たとえば、

ふかき夜の窓に入りくる梅が香も花にぞむかふともし火のもと（柏玉集《はくぎよくしゆう》・後柏原院《ごかしわばらいん》）

ともし火の花もさながら梅が香の光に匂ふ宿の小夜風《さよかぜ》（雪玉集《せつぎよくしゆう》・三条西実隆《さんじようにしさねたか》）

春の夜は闇もる風にともし火の花さへ梅の香に匂ふなり（新明題集・聖護院道晃《しようごいんどうこう》）

小夜風の匂ふやいづくともし火の花吹くたびに匂ふ梅が香（霊元院集）

などがあるのである。

（林）

後土御門天皇

【プロフィール】　ごつちみかどてんのう

嘉吉二年（一四四二）～明応九年（一五〇〇）、五九歳。在位、寛正六年（一四六五）～明応九年。第一〇三代天皇。名、成仁。後花園天皇第一皇子。在位中に応仁の乱が起こった。朝儀復興につとめ、文事にも関心を寄せた。横川景三・了庵桂悟ら禅僧に漢学を、飛鳥井雅親・三条西実隆らに和歌を学ぶ。家集『後土御門院御詠草』など。

花如雪

春の日に消えぬばかりぞ花桜
散るも散らぬも雪の面影

（後土御門院御詠草）

【通釈】
春の日ざしによっても消えてしまわないというだけで、桜の花には、散っても散らなくても、雪の面影を見て取れることだ。

【鑑賞】

桜花を雪に見立てた歌には、

み吉野の山辺に咲ける桜花雪かとのみぞあやまたれける (古今集・春上・紀友則)

今日来ずは明日は雪とぞ降りなまし消えずはありとも花と見ましや (古今集・春上・在原業平)

など多く、そのこと自体はさほど珍しいものではない。

「消えぬばかりぞ」は、『後撰集』に、

降る雪に物思ふわが身おとらめや積もり積もりて消えぬばかりぞ (冬・読人不知)

とある。もっとも、これは本当の雪なので、むしろ、

ちるほどは雪とみゆれど梅の花かぜににほひて消えぬばかりぞ (元真集)

やまざくら雪にまがひてちりくれど消えぬばかりぞしるしなりける (京極御息所歌合・凡河内躬恒《おおしこうちのみつね》)

白雪に見えまがひつつちる花の消えぬばかりぞしるしなりける (和歌一字抄・藤原有綱)

などが、雪ならぬ花であるため「消えぬばかりぞ」である先蹤と言える。「ばかり」というところに、消えないこと以外は雪にそっくりというニュアンスが感じられる。

「散るも散らぬも」は、

山はるけ霞のなかのさくら花散るも散らぬも見えぬけふかな (安法《あんぽう》法師集)

このたびはおもはぬ山のさくら花散るも散らぬもよそにこそ見れ（大弐高遠集《だいにたかとおしゅう》）

などの例が、私家集の早い時期のものとして見出せる。

暖かい春の日ざしによっても消えないから桜花だとわかるわけだが、散らずに枝上にあるものも、まさに散っていくものにも、等しく雪の面影が見て取れて、あたり一面の桜の光景は、一面の雪景色をも幻視させる。淡白で理に落ちた感じがかえって室町的なものを感じさせる。

この歌は、文明四年（一四七二）、後土御門天皇三一歳の時の詠。飛鳥井《あすかい》雅康・足利義政が長点（秀逸な表現に与える評価）を与えている。応仁元年（一四六七）から始まった戦乱の真っ只中である。

行路柳

春風になびく柳もたつ塵も
おなじちまたの煙とぞ見る

（後土御門院御詠草）

【通釈】春風によってなびいている柳の枝も舞い上がる塵も、同じ道に立ちのぼる煙だと見えることだ。

【鑑賞】「行路柳」は、宝治二年（一二四八）に成った『宝治《ほうじ》百首』に見られる歌題。

柳と風の関係は、

鶯の糸に撚《よ》るてふ玉柳吹きな乱りそ春の山風（後撰集・春下・読人不知）

などに詠まれる。

「おなじちまたの」という言い方は、硬質な感じを読む者に与える。

「煙とぞ見る」は、

霞も霧も煙とぞ見る（拾遺集・雑賀・清原元輔《もとすけ》）

にある表現。柳を煙と見なすというのは、

柳の色は煙に和して酒の中に入る（和漢朗詠集・梅・章孝標《しようこうひよう》）

折柳声新たにして手煙を掬《にぎ》る（同・管絃・菅原道真）

というような漢詩の発想に淵源がある。

漢詩と言えば、王維「元二《げんに》の安西《あんせい》に使《つかひ》するを送る」（三体詩）に、

渭城《ゐじやう》の朝雨　軽塵を浥《うるほ》す

客舎　青々として　柳色新たなり

とあるような、街道の塵と青々とした柳の組み合わせも意識されていよう。

掲出歌の背後には、仏が本来の知恵を隠して俗世に現れ人々と交わる和光同塵《わこうどうじん》の意を利かせているのではないか。柳が仏、塵が俗塵、という見立てが伏在しているように思われるのである。

この歌も、文明四年（一四七二）、後土御門天皇三一歳の時の詠。一条兼良《かねら》・飛鳥井雅親が長点を与えている。

これも一首目同様、淡白さがこの時代らしい。

簷菖蒲

誰もみな殿《との》づくりしてをさまれる
淀野のあやめ刈りぞふかまし

（後土御門院御詠草）

【通釈】

だれもが立派なお屋敷を造営して平穏無事な世になって、有名な淀野の菖蒲を刈って軒端に挿して飾れたらよいのに。

【鑑賞】

「殿づくり」は、すばらしい御殿を造営すること。催馬楽《さいばら》「この殿は」に、

この殿はむべもむべも富みけり三枝《さきくさ》のあはれ三枝のはれ三枝の三つば四つばの中に殿づくりせりや
殿づくりせりや。

とあり、『源氏物語』早蕨《さわらび》の巻にも、それを踏まえて、

見も知らぬさまに、目も輝《かかや》くやうなる殿づくりの、三つ葉四つ葉なる中に（下略）

とある。

殿づくりせくやり水の岩かげにしろき色こき庭柳かな（夫木《ふぼく》和歌抄・慈鎮）

作如是《さによぜ》こそみぎり久しき御法《みのり》なれときはかきはに殿づくりして（拾玉集・慈円）

星合《ほしあひ》や三葉四葉にかきそめてわれもいのらん殿づくりかな（碧玉集《へきぎょくしゅう》・冷泉政為）

などの例もあるが、和歌の作例は比較的少ない。

「淀野」は、山城国淀付近の野で、景物は「菖蒲」。『後拾遺集』に、

ねやの上に根ざし留《とど》めよあやめ草たづねて引くもおなじ淀野を（夏・大中臣輔弘《おおなかとみのすけひろ》）

とある。この場合は、菖蒲の名所「淀野」に「夜殿」（夜、寝る部屋）が掛けられていて「閨」「根ざす」「たづぬ」「引く」と縁語になっている。掲出歌でも「淀野」「夜殿」が掛けられて「殿づくり」と縁語的に響き合っている。

端午の節句に菖蒲を葺くことには、邪気を払い長寿を祈る願いがこめられる。「殿づくり」「あやめふく」というような祝意のこもったことばを用いて、民の生活の幸福を願うという、帝王の歌なのである。

即位後、すぐに応仁の乱となった後土御門天皇にとって、このような平穏な光景ははかない望みなのであって、「をさまれる世」「淀野のあやめ」という掛詞に、満たされない王としての空しさが揺曳する。

ただし「殿づくり」「淀野」とトノの音の繰り返しがリズミカルで、歌は暗くない。

なお、参考歌として、

高き屋にのぼりて見れば煙立つ民のかまどはにぎはひにけり（新古今集・賀・仁徳天皇）

という、天皇が民の暮らしを慮る歌も指摘しておいてよいかもしれない。

掲出歌は、文明八年（一四七六）、後土御門天皇三五歳の時の詠。足利義政・飛鳥井栄雅《えいが》（雅親）が長点を与えている。

（鈴木）

姉小路基綱

【プロフィール】　あねがこうじもとつな

嘉吉元年（一四四一）～永正元年（一五〇四）、六四歳。公家・歌人・連歌作者。法号、香林院華岳常心。姉小路昌家の男。代々、飛驒国司。権中納言・従二位。足利義政が寛正六年（一四六五）勅撰集撰集を企図した際、和歌所寄人に選出された。家集『卑懐集』『基綱集』。

山家苔

朝夕に松の葉拾ふ跡見えて
塵なき苔の深き庭かな

（基綱集）

【通釈】

朝に夕に松の葉を拾っている効果も見えて、塵ひとつなく苔が深々としている庭であることだ。

青山《あをやま》龍岩寺《りうがんじ》
圓坐松《ゑんさまつ》
基綱

『江戸名所花暦』青山龍岩寺　円坐松

【鑑賞】

「苔」は、「苔の衣」をはじめ隠者・草庵といったイメージと深く結び付いていて、中世的な景物である。「苔ふかし」であることを美とするのは、室町時代の東山文化頃からかもしれない。庭園文化が発達した室町時代らしい歌と言えるのではないか。

「松の葉拾ふ」という行為は、歌の表現としては珍しい。「松落葉」は夏の清涼感を表すことばである。

「塵なき苔」というところを中心に、俗塵を払うというニュアンスを読み取ってよいだろう。

なお、掲出歌は、『江戸名所花暦』の青山龍岩寺の円座松の挿絵に、山地蕉窓《やまじしょうそう》の漢詩とともに挙げられている。この書は文政一〇年(一八二七)に刊行されたもので、著者は戯作者岡山鳥《おかさんちょう》である。近世後期の大衆的な歳時記類に引用されていることは注目に値するが、このことをもってこの時期基綱の歌名が高かったと考えるのは早計に過ぎる。読者にはよく知られていなくても、公家の名だということはわかるわけで、ある種の権威付けのためにここに引用されたのであろう。掲出歌は、後水尾院《ごみずのおいん》編として元禄一六年(一七〇三)に刊行された『類題和歌集』の「山家苔」の条に『基綱集』を出典として掲げられており、岡山鳥もそのあたりを利用してこの歌を知ったのではなかったか。

基綱には、

岩がはの苔の小莚塵《さむしろ》もなく心にすめる水ぞすずしき（卑懐集《ひかいしゅう》）

という歌もある。

（鈴木）

冷泉政為

【プロフィール】　れいぜいまさため

文安二年（一四四五）～大永三年（一五二三）、七九歳（一説、七八歳）。冷泉持為男。法名、暁覚。正二位・権大納言。後柏原天皇の代になって、冷泉為広や三条西実隆とともに一人三臣として活躍した。家集『碧玉集』は三玉集のひとつとして、後世の堂上歌壇で重視された。

海上晩霞

波間より寄る舟近し雲帰る
山はそれともわかぬ霞に

（内裏着到百首）

【通釈】

波間から港に寄る船が間近く現れた、朝に峰を離れた雲が夕方になって帰ろうとしても、その山がどこにあるかわからない深い霞の中から。

【鑑賞】

深く霞がかかっていて、どこに船があるかもわからない。と思っていると、思いもかけず身近なところから船が姿を現した。それへの軽い驚きを「寄る舟近し」と表現しているところが面白い。

雲は夜明けに山から離れ、夕刻に帰って来る。たとえば、次の歌がその典型である。

春の夜の夢の浮橋とだえして嶺にわかるる横雲の空（新古今集・春上・藤原定家）

なお、「海上晩霞」の題は『清輔《きよすけ》集』にあり、歌は、

夕しほに由良《ゆら》の門《と》わたる海士小舟《あまをぶね》かすみの底に漕ぎぞ入りぬる

で、「霞」はもとより「舟」も出てくる。海上に霞がかかっている状態を客体化する景物として「舟」が詠み込まれるのはごく自然なことなのだろう。

「霞」と「舟」の組み合わせ自体は万葉以来あり、たとえば、

大葉山霞たなびきさ夜更けて我が船泊《は》てむ泊まり知らずも（万葉集・巻七・作者未詳）

は、霞で視界が遮られてしまうことを船と関わらせながら詠んでいる。

萩映水

咲きしより色もひとつに流るめる
　水のふる江も花の真萩も

（内裏着到百首）

【通釈】

咲いてから、古くさびれた水も古枝の萩の水影もひとつの色になって、流れているかと思われることだ。

【鑑賞】

歌題「萩、水に映る」は、南北朝以降になって見られる歌題。「色」は、萩の赤紫色か。萩の花が水面に映じて、水の色と親和していくありさまが詠じられている。「古江」（古い、もしくは、人のいない、さびれた入り江）と「古枝」が掛詞であるが、いずれも万葉に

ある語。「古江」の方は、新日本古典文学大系『中世和歌集　室町篇』が指摘しているように、

（上略）葦鴨のすだく旧江《ふるえ》に一昨日《をとつひ》も昨日もありつ（下略）（巻一七・大伴家持）

にあり、「古枝」の方は、

百済野の萩の古枝に春待つと居りし鶯鳴きにけむかも（巻八・山部赤人）

にある。

新大系が指摘している、

秋萩の古枝に咲ける花見ればもとの心は忘れざりけり（古今集・秋上・凡河内躬恒《おおしこうちのみつね》）

も参考歌として挙げられよう。

「真萩」は萩の美称。

化野《あだしの》の真萩おしなみ丸寝してかたみをすれる旅衣かな（万代《まんだい》和歌集・藤原実定《さねさだ》）

などの用例がある。

「古江」をめぐる古淡な味わいが、この時代らしい。

炉辺閑談

あらましの道はありとも残りなく
あらはすもいさ埋火《うづみび》のもと

（内裏着到百首）

【通釈】

こうありたいと願うことはあるものの、残りなくすっかり口に出すのもどんなものか。それはやはり、埋火のように心中に埋もれさせておくことにしよう。

【鑑賞】

歌題「炉辺閑談」は、南北朝以来、よく取り上げられるようになる。政為の『碧玉集』にも、同題の和歌が載り、そちらは、

うづみ火の影よりも猶《なほ》かすかなるわが世がたりはきかれんもうし

とある。

「埋火」は、灰に埋めてある炭火。

埋火の下にうき身と嘆きつつはかなく消えむことをしぞ思ふ（好忠集《よしただしゅう》）

いかにせん灰の下なる埋火のうづもれてのみ消えぬべきかな（堀河院百首・源俊頼《としより》）

など（後者は新大系が指摘）、世に埋もれて消え入りそうになる我が身を詠むことが多く、埋火に「埋む」を言い掛ける掲出歌もその延長線上にある。

「あらましの道」は、こうあったらいいと願うこと。「あらまし」については、新大系が参考歌として指摘する、

言はで思ふ心のうちのあらましに身をなぐさめて猶やしのばむ（新後撰集・恋一・読人不知）

などの先行例がある。「あらましの道」となると、歌例は少ないのだが、『碧玉集』には、

住みすてぬ都のけさの雪もしれいつ跡つけんあらましの道

という歌もあり、政為お気に入りのことばであったらしい。

「あらまし」は連歌でよく使われることばで、『新撰菟玖波集《しんせんつくばしゅう》』巻一七には、

忘れがちなるあらましの道

のちの世の身をば誰とかおもふらむ　**読人不知**

とあり、この「あらましの道」は出家を言うのであろう。掲出歌の「あらましの道」も、その意味で取っ

てもよい。
そして、「あらはすもいさ」の「いさ」が表す、ためらいの感覚がこの歌の眼目であろう。

（鈴木）

徳大寺実淳

【プロフィール】　とくだいじさねあつ

文安二年（一四四五）～天文二年（一五三三）、八九歳。歌人。従一位太政大臣。三条西実隆に師事。自邸で歌会を催す他、多くの歌会に参加するなど、活発な歌壇活動を行った。また、晩年奈良に下り、子、興福寺喜多院空実などに古今伝授を行った。家集に『実淳集』がある。

尋虫声

風に迷ひ霧にもむせぶ虫の音を
そことも分かぬ野辺の遥けさ

（実淳集）

【通釈】

風に吹き迷い、霧の中でむせぶように鳴く虫の音がどこから聞えてくるか分らぬほど、野辺は遥かかなたまで続いていることだ。

【鑑賞】

「尋虫声」の歌題は『道助法親王《どうじょほっしんのう》家五十首』に見える。そこで詠まれている虫のほとんどは、

誰《た》がためか待つ名を虫の音に立てて訪ねぬよその露に鳴くらむ　（隆昭《りゅうしょう》）

とあるように、訪れを待つ虫とされた「松虫」である。掲出歌の「虫」も「松虫」と考えるのが一般的であろう。

「虫の声」を「風に迷」うと詠む歌例は少なく、

吹き迷ふ方も定めず草の原野風のままに競《きほ》ふ虫の音　（草根集《そうこんしゅう》・正徹《しょうてつ》）

は、「虫の音」が吹き迷う風に乗って聞こえてくるということであるが、状況としては同じであろう。

「虫」が「霧にむせぶ」という方も管見に入らない。ただし、

霧に咽《むせ》ぶ山鶯《さんあう》は啼くこと尚少《なほわか》し　（和漢朗詠集・鶯・元稹《げんしん》）

という詩句のあることによって、「鶯」が「霧にむせぶ」ことは和歌にも多く詠まれている。

霧にむせぶ山の鶯出《い》でやらで麓の春に迷ふころかな　（風雅集・春上・土御門院《つちみかどいん》）

はその一例である。また、「そことも分か」らないとするのも、「雁」であるなら、三条西実隆《さんじょうにしさねたか》の

霧の海そこ とも分かず海士小《あまを》船初瀬《はつせ》の鐘の音ばかりして　（雪玉集《せつぎょくしゅう》）

などの歌例が見え、この歌は「霧」によってと詠まれている点も掲出歌に類似している。

以上、幾つかの先例によって確認できるように、掲出歌は伝統的な趣向、表現を組み合わせて詠まれた歌で、作者の和歌に対する素養が窺える。実淳の歌はほとんどがこのようなもので、和歌を詠むことがいかに古歌を焼き直すかに掛かっていたかということを示しているが、虫の音が風にかき乱され、霧の中からむせび鳴くように聞こえてくるとした点に、切なさが表現され、しみじみとした情感が感じられる。金春禅竹《こんぱるぜんちく》作の能に、「松虫」という作品があり、松虫の音を慕って野に入り、二度と戻らなかった友を恋うる思いが描かれているが、それを思い起こさせる風情の漂う歌である。

作者は、霧に閉ざされた乳白色の野辺が遥かかなたまで続いていることを虫の音によって、知るのであるが、「尋虫音」という題によれば、彼はそのような野辺に虫を求めて立ち入るのであろうか。

炭竈《すみがま》

草も木も埋《うづ》もれ果てて炭竈の
　煙ぞ青き雪の山本

（実淳集）

【通釈】
草も木も白い雪にすっかり埋もれてしまった中で、炭竈の煙が一筋青く立ち昇る山の麓であることだ。

【鑑賞】
歌題「炭竈」は『堀河百首』に見える。一般に、炭焼きは冬の業であることから、「炭竈」も冬の歌材として詠まれ、必然的に雪と取り合わされることにもなった。また、都に近い炭の産地としては大原・小野の里が著名で、和歌でもこの両者を詠み込むことが多い。『堀河百首』中の藤原仲実《なかざね》の歌、

大原や小野の炭竈雪降れど絶えぬ煙ぞしるべなりける

はそれらを取り込んだものである。掲出歌はそのような「炭竈」の詠まれ方を踏襲しており、「山本」も大原などの山本を想定している可能性が高い。すべてが雪に覆われた中で、「炭竈」の「煙」だけが立ち昇るさまは、

降り埋む雪の上にも炭竈の煙はなほぞ立ちて見えける（新後拾遺集・雑秋・読人不知）

とも詠まれており、類型的な趣向と言えよう。その「煙」を青いとするのは、漢語で「煙」を「青煙」と言い表すことを受けている。『江談抄《ごうだんしょう》』に見える大江以言《ゆきとき》の漢詩句に、

一条の露は白くして庭間《ていかん》の草、三尺の煙は青くして瓦上《ぐわじやう》の松

とあるがごときである。和歌にも、

嶺にのみ煙は青し富士の山裾野も萌ゆる春の若草（宝治百首・藤原基家《もといえ》）

などの例が見られる。

「埋もれ果てて」はすっかり雪に埋もれてしまったことをいう。そのような一面の雪景色の中で、一筋の青い炭を焼く煙が立ち昇るというのである。「雪」に「草も木も埋もれ果」つという表現は、二条為世門の四天王とされた慶運《けいうん》の家集『慶運法印集』中の歌、

草も木も埋もれ果つる雪にこそなかなか山は顕《あら》はなりけれ

にある。この歌は『正徹物語』に引用されていることからも、当時の歌人の間で話題に上った可能性が

あり、実淳も記憶にとどめていたかも知れない。また、「雪の山本」の歌例は、

小初瀬《をはつせ》や嶺の常盤木吹きしをり嵐に曇る雪の山本（最勝四天王院和歌・藤原定家）

以後、見られるようになった表現である。

掲出歌は、「青き」「煙」と白き「雪」を取り合わせたところに趣向があると思われるが、これも、

花と見る雪も日数も積もりゐて松の梢は春の青柳（拾遺愚草・藤原定家）

など多く試みられてきたもので、とりたてて新味のあるものではない。

以上のように類型的表現を組み合わせた感のある歌であるが、白い雪に閉ざされた中に一筋立ち昇る青き煙、という光景は、静寂感の中に人の営みの息づきが感じ取れるものとなっており、冬の山里の風情をうまく表現したものとなっている。前掲の歌もそうであるが、しみじみとした叙景にわずかな命の営みを詠み込むところに、実淳歌の工夫があったと言えよう。

（廣木）

三条西実隆

さんじょうにしさねたか

【プロフィール】

康正元年（一四五五）～天文六年（一五三七）、八三歳。号聴雪、法名堯空、院号は逍遥院。和歌は飛鳥井雅親・雅康に師事し、連歌は宗祇に学んだ。連歌集『新撰菟玖波集』の編纂にも参画した。宗祇からは古今相伝を受け、三条西家の学としての古典学を樹立し、源氏物語・伊勢物語等の注釈を後世に残した。室町時代後期の代表的な文化人。二〇歳から死の前年八二歳の間の日記『実隆公記』は一五世紀後半から一六世紀にかけての室町時代の政治文化にかかわるすぐれた資料。家集に、文亀三年（一五〇三）四九歳からの日次詠草『再昌草』、後世に編纂された『雪玉集』がある。その他、歌合等も多数残っている。

夏船

さす棹《さを》のしづくも玉と蓮葉《はちすば》の
花に色そふあけのそほ船

（再昌草《さいしょうそう》）

【通釈】

紅葉色の舟が早朝の蓮池を行く。船頭が操る棹から滴る雫も蓮にふさわしく宝石のように美しく輝き、紅葉のような船の色はこれもまた蓮の花の紅の色に似つかわしい。

【鑑賞】

永正七年（一五一〇）六月二五日、禁中において北野法楽《ほうらく》連歌があり、続いて二〇首の続歌《つぎうた》が催された時に探題《たんだい》で「夏船」を得ての詠歌である。「夏船」は一五世紀に入っての歌題であるようである。下《しも》冷泉持為《れいぜいもちため》『持為集』、正徹《しょうてつ》『草根集《そうこんしゅう》』が早い用例であり、その他では後柏原院《ごかしわばらいん》『柏玉集《はくぎょくしゅう》』に見られる程度である。ただ、一八世紀初頭に刊行された類題集『新明題和歌集』は歌題として採用しており、近世に至って定着を見たのかもしれない。

当該歌は、蓮の花の咲く池に船を配することにより、歌題を満足している。「あけのそほ船」は『万葉集』に見られるもので、赤土（赭）で塗った船を言う。この語は平安末期以来、たとえば、順徳院の「秋ふかき八十宇治川《やそうぢがは》のはやき瀬に紅葉ぞくだるあけのそほ舟」（玉葉集・秋下）や藤原家隆の「霧はる る紅葉にまがふ山本のあけのそほ舟こがれてぞ行く」（壬二集）のように、多く、川を流れ下るもみじ葉に見立てた歌語として使われている。実隆の歌の場合にも紅葉の色を想起させる語として「あけのそほ船」を使い、紅の蓮の花に似つかわしいとする。蓮葉との関連で露や雫を白玉と表現することは僧正遍照《へんじょう》の「はちす葉のにごりにしまぬ心もてなにかは露を玉とあざむく」（古今集・夏）以来の常套的方法である。このように、この歌の核を形成する像は伝統的な表現に負っているが、形象された全体は類例のないものとなっている。「蓮葉の花」と「あけのそほ船」とを取り合わせることにより強く紅の色を印象づけ、さらに「棹のしづく」が白玉となって紅と対応する。当然のこととして、蓮葉の緑があり、池水の色がある。こう見ると、色彩を強く意識した歌ということができるようである。そしてそれは類型化された景の表現とは異なった、ある種の日常的な想像に根ざした表現となっているとも言えるように思われる。この背景には、「夏船」という、歴史の浅い、したがって本意の確定していない歌題であったということも影響しているのであろう。

実隆の歌は、類型表現を規定にしてそこに凝った趣向を取り込んだ難解な歌が多いとされる。実隆出詠の歌合の判詞からもすでに同時代にそのような評があり、江戸期の公家歌人たちもまたそのように評価する一面があった。たしかにそうした傾向はあるのだが、一方において、掲出歌のように、伝統表現に依拠しながらも、概念として成立している景とは異なった、日常的な水準での想像力を思わせる歌も少なからず見出されるのである。

田家秋寒

秋寒みすごがかたしく小夜衣《さよごろも》　すそわの田ゐはうち時雨れつつ

（雪玉集）

【通釈】

山裾の田には時雨が通っては過ぎ、通っては過ぎする季節がきた。田を守り、一人寝する男の夜着にも寒さがしのびより、秋の深まりが感じ取れる。

【鑑賞】

「田家秋寒」題による作例は、

初霜のおくての庵《いほ》の稲《いな》むしろ夜寒に秋の風ぞすずしき（為家集）

露霜のおくての稲葉《いな》色づきてかり庵《いほ》寒き秋の山風（続拾遺集・秋下・二条為氏）

が知りうる限りでは最も早い。『為家集』『続拾遺集』の詞書を併せ見るに、ともに文永七年（一二七〇）九月尽日に行われた山階《やましな》大納言実雄《さねお》の月次《つきなみ》歌会での詠のようである。以降は実隆と同時代の姉小路基綱《あねがこうじもとつな》の『卑懐集《ひかいしゅう》』、下冷泉政為の『碧玉集《へきぎょくしゅう》』に見られ、下って三条西公条《さんじょうにしきんえだ》・細川幽斎・烏丸光広《からすまみつひろ》にある程度（中院通純《なかのいんみちずみ》の歌が『新明題集』に載る）であって、歌題として一般性を得るには至らなかったようである。為氏詠が『続拾遺集』秋下に収められていること、為家・為氏ともに「おくて」を「霜」の縁で導いていることから、半ば過ぎた秋の歌題ということになり、実隆も為家・為氏に倣って晩秋の景を造形している。

「すごこ」は『八雲御抄《やくもみしょう》』に「酢こ　児。山田もる物なり」とある。現代では『万葉集』巻頭の「菜摘須児」の誤読から出た言葉とするが、歌語としては、山田を守る賤男として汎用されている。実は、「すそわ」も同様の事情にある歌語であり、「裾廻」と当てた漢字を「すそみ」の誤読とされるが、『万葉集』を踏まえて「筑波根のすそわの田ゐ」と使われる例が多く、「すそわ」は山の麓のまわり、「田ゐ」は田の意で、これもまた『八雲御抄』に「山の裾の田なり」と言うとおりである。

実隆の歌は上句に秋の寒さが日に日に増してゆくなか、田守りの「すごこ」が夜着をまとってひとり横たわっている景を出し、下句に山の麓の田を時雨が通りすぎてゆく様を描く。「すごこ」の寝る場は山田を守る仮庵であって、そこにも時雨が降り注いでいる。つまりは「田家」の「秋寒」の様を内と外とで対応させて描出したものである。「時雨」と「小夜衣」の対応、取合せは、「まばらなる柴の庵《いほり》に旅寝して時雨にぬるる小夜衣かな」（新古今集・冬・後白河院）や「かたしきの衣手寒く時雨れつつありあけの山にかかるむら雲」（続古今集・冬・後鳥羽院）などに想を得ているのかもしれない。この歌では「さよころも」の縁で「すそわ」を導くというかたちで、上句と下句の連絡がつけられているが、景としては上下句それぞれに独立しており、文脈の上で連絡を保証する語句は用意されていない。読み手は「すご」という歌語の本意を手がかりに一首全体の方向性を読み解くことになるのだが、この読み取りは、歌語「すご」がそれほどに珍しいものではなかったことを考えれば、困難ではない。現在から見れば唐突、あるいは説明不足の思いをする措辞ではあっても実隆と同時代に立てば、また事情は異なってくるのかもしれない。

八月廿四日船岡の合戦、問田《とひだ》大蔵少輔《せう》弘胤《ひろたね》討ち死にし給ひし、たぐひなき高名のよしきこえしかば、思ひつづけし

くちぬ名を高く帆にあげて船岡やなみにまぎれぬ遠つ旅人

十月廿七日遣之《これをつかはす》

（再昌草）

【通釈】

武勇の人としての名声を船岡の合戦でいっそう高め、不朽のものとし、誇り高く来世への旅に出た人よ。

【鑑賞】

詞書の「八月廿四日」は永正八年（一五一一）。「船岡の合戦」は阿波に挙兵した細川澄元《すみもと》の手勢の攻めをいったん丹波に避けた将軍足利義尹《よしただ》（義稙《よしたね》）が入洛し、現京都市北区船岡山に澄元の軍勢を破った

闘いのことである。『実隆公記』同日には「船岡合戦一時勝利を得、東南之凶徒悉《ことごとく》滅亡（略）大内衆高名を分け捕り、左右あたはずと云々、問田大蔵少輔深手にて死去と云々、不便々々《ふびんふびん》（以下略）」とある。問田弘胤は大内氏の被官で、和歌を好み自邸で歌会も催しており、その子胤世は実隆に和歌のことを種々問うている（井上宗雄『中世歌壇史の研究　室町後期』）。弘胤とも面識があったのであろう。「十月廿七日遣之」はこの追悼歌を胤世に渡したということである。歌は、合戦の地「船岡」の縁で、名を挙げたことを「帆にあげ」とし、際立った働きを縁語の「波」を用い、「なみにまぎれぬ」と表現して、死出の旅へ出たことを詠んでいるものであって、そうした修辞が程よく効いており、故人を惜しみ、称える気持ちが読み取れる歌である。同じ船岡の合戦で負傷し、温泉療養中に亡くなった飯田興家《おきいえ》（大内家被官）が和歌について文書をもって教えを乞うていたのに、生前に答えることが出来ず、仲介者の舟橋宣賢《のぶかた》を通して「苔の下いかが答へん問はれしをそのままをきし露の言の葉」を添えて返却したという記載も『再昌草』には見える。

編年体家集『再昌草』を見ると、現実世界との関わりをもった歌が散見される。たとえば、永正二年二月二八日、実隆は春日臨時祭張行のために奈良を訪れるが、その道中の見聞を詠作する。宇治では市の立つ日であって、子供が籠に盛ったわずかな草を商いしようとしているのを見て「わづかなるかたみにみたぬ草をだに今朝の市にと運ぶあはれさ」と詠み、白いこぶしの花を見た折から女が籠に蕨を摘んでいるのを見て「おもしろし蕨も手をやここもとににぎりこぶしの花咲ける山」と戯れる。こんな風にして、折々、目に見、耳で聞いた事柄を素材としてなんの衒いもなく歌を作り上げる。「賭博《とばく》」や「曲舞《くせまい》」、そして知人の情報なども素材となる。こうした類の和歌は狂歌的になるが、時には「狂歌」と銘打って性的なことがらに及ぶこともある。

あるいはまた時にふれ折にふれての歌を実隆は「くちずさみ」と呼ぶこともある。たとえば、文亀三年六月に「十九日、春日野に詣《まう》づとて、道すがらのくちずさみもと、思ひいづるままに書きつけ侍り」として一〇首、永正十年に「十三夜ふくるまで、ひとり月をみて、口号《くちずさみ》」とあって一〇首の歌が並ぶ。実隆は機会を捉え、実によく歌を詠んでいる。それが実隆の現存歌数一万数千におよぶという結果をもたらしているのであるが、歌合や歌会の場だけではない、多様な場での詠作ということに注意をしておいてよいだろう。

（林）

邦高親王

【プロフィール】　くにたかしんのう

康正二年（一四五六）～享禄五年（一五三二）、七七歳。伏見宮第五代。法名、恵空。号、安養院。貞常親王の長男、後土御門天皇の猶子。三条西実隆と親しかった。和歌の詠作や古典の書写に熱心に取り組んだ。家集『邦高親王御集』など。

浸天秋水白茫茫

月ぞ澄むよさの浦風はるばると
秋なき波に秋をひたして

（邦高親王御集）

【通釈】

月が実に澄んでいることだなあ。与謝の浦に吹く風ははるか遠くまで吹いていって、秋らしい様子もない波にも秋を浸らせていて。

【鑑賞】

歌題「浸天秋水白茫茫」は、『白氏文集』巻一六「西楼に登りて行簡を憶ふ」という詩の一句。『和漢朗詠集』下巻・山水に、

日を礙《さ》ふる暮山は青くして蔟々《そくそく》たり
天を浸す秋水は白くして茫々《ばうばう》たり

として載せられている。意味を取ってみると、

天を浸すほどの秋の川（この場合、長江）の流れは白く、はるか遠くにまで続いている。

となる。

漢詩の場合、川の水が天を浸すほどだと詠むのに対して、掲出歌は、浦に吹く風と水面に映じた月の双方が波の上に秋の気配を運んでくるということになり、天の要素は月によって表現されている。この月という景物が、非常に印象的である。初句切れで「月ぞ澄む」として置かれていることも印象を強くしている。

なお、初句「月ぞ澄む」の例としては、『新古今集』に、

月ぞすむ誰かはここにきのくにや吹上《ふきあげ》の千鳥ひとりなくなり（冬・藤原良経）

とある。

右の『和漢朗詠集』の詩句を踏まえた歌として、

秋の水は秋の空にぞなりにける白き浪まにうつる山かげ（拾玉集・慈円）

山をこそ露も時雨もまだ染めね空の色ある秋の水かな（拾遺愚草員外・藤原定家）

などがある。ただし、先に述べたように掲出歌の場合、月という景物が重要なので、月が詠み込まれていないこれらの歌は参考歌として十分ではない。

本歌としては、まず、

草も木も色変れどもわたつ海の波の花にぞ秋なかりける（古今・秋下・文屋康秀《ふんやのやすひで》）

が指摘できるだろう。「波の花」は波を花に見立てた語だが、この古今歌で詠まれた、波には秋がないということを踏まえて、掲出歌は、いやいや波にも秋はありますよ、それは月が映じていることによってもたらされるのです、と切り返しているのである。

そして、「秋なき波」と「月」との取り合わせとしては、

難波江にさくやこの花白妙の秋なき浪をてらす月かげ（拾遺愚草・藤原定家）

が参考になる。もっとも掲出歌の場合「秋をひたして」とあり、より積極的に「秋なき波」に秋がもたらされていると詠んでいる点が異なる。

なお、「与謝の浦」は丹後国の歌枕。現在の京都府与謝郡宮津湾。あるいは、「与謝」に「夜さ（夜）」が掛けられているか。

潮風に与謝の浦松音ふけて月影寄する沖つ白波　（秋篠月清集《あきしのげつせいしゆう》・藤原良経）

など、月と取り合わせて詠まれることもある。

この時代らしい端正さのなかに耽美さがわずかに認められるのは、漢詩に学んでいるからか。（鈴木）

飛鳥井雅俊

【プロフィール】　あすかいまさとし

寛正三年（一四六二）〜大永三年（一五二三）、六二歳。歌人。正二位権大納言。法名、敬雅。雅親（栄雅）の子として、歌道家を継いだ。各地で武家を指導したが、特に、大内氏と親交が深く、その所領、周防（山口）で没した。家集に『園草』、歌学書に『飛鳥井家読方口伝』『永正日記』などがある。父の家集『亜槐集』、父の説を主とした古今和歌集注釈書『古今栄雅抄』を編纂。

野春雨

限りなき恵みの色も武蔵野の
草はみながら春雨ぞ降る

（園草《えんそう》）

【通釈】

限りない恵みを与える春雨が降る。武蔵野のすべての草はその恵みを感じながら、芽を育ませていることだ。

【鑑賞】

「野春雨」の歌題は新古今時代の藤原秀能《ひでよし》の家集『如願《によがん》法師集』に見えるのが早い。以後、室町期に多くなる。「卿内侍」「肖柏」の項参照。

「限りなき恵み」は、

限りなき恵みを四方《よも》に敷島の大和島根は今栄ゆなり（風雅集・賀・御子左《みこひだり》為定《ためさだ》）

などと詠まれるように、治世を寿ぐ言葉である。ただし、掲出歌にそのような含意があるかは不明。単に、「草」に対してのものとも受け取れる。「色」は「心の色」などと使う時の、表面に表れた情愛などの意。「恵みの色」は漢詩句に、

恩《めぐ》みの色は身を照らす青鎖《せいさ》の裏《うち》、賀する声は耳に喧《かまびす》し碧峰《へきほう》の中《うち》

（別本和漢兼作集・慈恵《じえ》「於大内賜御衣之時贈答」）

の例がある。掲出歌では「春雨」が「恵みの色」を示しているというのである。「草」にとって「春雨」が恵みであることは、『和漢朗詠集』に雨を詠んで、

養ひ得ては自《おのづか》ら花の父母たり（雨・紀長谷雄《きのはせお》）

とあり、和歌に、

今日よりや木の芽も春の桜花親の勇めの春雨の空（拾遺愚草・藤原定家）

などと詠まれている。また、「恵み」には「芽ぐみ」が掛けられていると思われる。「みながら」は、すべて、の意と、「見ながら」を掛ける。さらに、次の「春」には、芽がふくらむ意の「張る」が掛けられている。「草」はすべて「恵みの色」を見ながら、その芽をふくらませる、というのである。

『古今集』の

紫の一本《ひともと》ゆゑに武蔵野の草はみながらあはれとぞ見る（雑上・読人不知）

を踏まえた歌で、同じくこの歌を踏まえ、「春雨」を結んだものには、雅俊の祖先である飛鳥井雅経《まさつね》の

若菜摘むゆかりに見れば武蔵野の草はみながら春雨の空（千五百番歌合）

がある。

『古今集』歌以来、武蔵野の草は紫草と意識されてきた。したがって、掲出歌においても同様であろう。このことを考慮すると、「恵みの色」は紫色を意味していると考えられ、それは下位の者が衣の色として使用するのが禁じられていた禁色《きんじき》を暗示する。掲出歌は禁色を許された喜びを含意している可能性があるとも考えられるが、どうであろうか。

いずれにしても、掲出歌は古歌に詠まれてきた修辞や趣向を踏まえ、種々の技巧を駆使していながらも言葉続きはなだらかで、野の春の風情を的確に表現し得ている。歌道家の継承者にふさわしい歌であろう。

古渡秋夕

橋姫の袖いかならんさらでだに
　秋は夕べの宇治の渡りに

（園草）

【通釈】

橋姫の袖はどれほど涙で濡れているであろうか、そうでなくとも秋は夕べが寂しいというのに、来ぬ人を待ち続ける宇治の渡りの秋の夕暮れ時には。

【鑑賞】

「古渡」の歌題は「古渡千鳥」（重家集）などのように、他の語句と組み合わされて用いられてきた。そうした中で、「古渡秋夕」の題そのものは『白河殿七百首』の真観《しんかん》の歌が早い例である。「古渡」の寂しげな風情に「秋夕」という時節の組み合わせは似つかわしいと言えよう。

「橋姫」は元来、橋の辺りに祀られている境の神であったのであろうが、『古今集』の

さむしろに衣片敷き今宵もや我を待つらむ宇治の橋姫（恋四・読人不知）

の歌以来、宇治橋のたもとで恋人の訪れを待つ女としての類型ができあがる。『源氏物語』宇治十帖がこれを踏まえていることは周知のことである。この『古今集』歌を考慮に入れれば、掲出歌の「袖」も「片敷く」袖ということになる。そのような「袖」が「いかならん」とは涙で濡れるということを想定しての謂いであろう。「袖」が涙に濡れると詠むことは常套的で、

あやしくも片敷く袖の濡るるかな露かかるべきことならなくに（大弐高遠《だいにたかとお》集）

は「片敷く袖」が涙に濡れるとする一例である。藤原定家の名歌、

さむしろや待つ夜の秋の風更けて月を片敷く宇治の橋姫（新古今集・秋上）

はそれらのことを踏まえ、「月光」の中に橋姫を置いて、しみ入るような寂しさを表現している。

「いかならん」は『古今集』以来、多くの歌に使われてきた言葉であるが、「袖」に対して使われている例には、藤原家隆の

故郷に別れし袖もいかならん知らぬ旅寝の秋の夕露（続古今集・羇《き》旅）

などがあり、これも涙に濡れているかどうかを思いやるものであろう。

「さらでだに」は、秋の夕べは特別なことがなくとも寂しさを募らせるということの確認である。「秋は夕べ」という言い回しは、『枕草子』の「秋は夕暮」を思い起こさせるもので、藤原清輔《きよすけ》の

薄霧の籬《まがき》の花の朝湿《じ》り秋は夕べと誰か言ひけむ（新古今集・秋上）

など、他の季節や他の時刻の風情をあげつらう折に使われてきたが、掲出歌はそれらとは相違し、

誰かまた秋は夕べと言ひそめて今しもものの悲しかるらむ（顕氏《あきうじ》集）

などのように、秋の夕べという時節の寂しさをそのまま受け入れる意で用いている。

「宇治の渡り」は京都と奈良を結ぶ街道の要衝で、『万葉集』の旋頭歌にも、

千早人《ちはや》宇治の渡りの瀬を早み逢はずこそあれのちも我が妻（巻一一・作者未詳）

と、人の出会いを妨げるものとして詠まれてきた。また、「宇治」という地名は、喜撰《きせん》の

我が庵《いほ》は都の辰巳《たつみ》しかぞすむ世を宇治山と人は言ふなり（古今集・雑下）

以来、「憂し」を掛けて使われることが多い。掲出歌においても、それでなくとも秋の夕べは「憂き」時であるのに、の意を持たせているのであろう。

この掲出歌も多くの古歌で詠まれてきた情趣、趣向を用いながら、練り上げられて作られたものであるが、調べがなだらかで、技巧を感じさせないものとなっている。（廣木）

後柏原天皇

【プロフィール】　ごかしわばらてんのぅ

寛正五年（一四六四）～大永六年（一五二六）、六三歳。第一〇四代天皇。後土御門天皇の第一皇子。在位、明応九年（一五〇〇）～大永六年。応仁の乱で皇室が窮乏した時代だったが、歌壇を主宰し、三条西実隆や冷泉政為らすぐれた歌人たちが活躍する場を設け、自らも歌をよくした。音楽・書道も愛した。和歌は、飛鳥井雅親・実隆に学んだ。家集『柏玉集』。

竹林鶯

呉竹のかた山ばやし残る夜の
やゝしらみ行く鶯の声

（柏玉集《はくぎよくしゆう》）

【通釈】

呉竹が多く生えている寂しい山の中の林で、夜明け方にあたりが少しずつ白んでいくなか、鶯の声が聞こえる。

【鑑賞】

「竹林鶯」の題は、早く『夫木《ふぼく》和歌抄』の源仲正の歌や『為忠家初度百首』などに見られる。「竹林」と「鶯」の組み合わせは、

み園生《そのふ》の竹の林にうぐひすはしば鳴きにしを雪は降りつつ（万葉集・巻一九・大伴家持）

にある。

「呉竹」は、「淡竹《はちく》」（葉が細く、節が多い）の異名（「呉」は中国伝来の意）。また、特に御所の清涼殿の庭に植えてある竹を言うが、この場合は「かた山ばやし」なので、そうではなかろう。「呉竹」の用例としては、

よに経れば言の葉しげき呉竹の憂き節ごとに鶯ぞ鳴く（古今集・雑下・読人不知）

などがある。

「かた山ばやし」は、寂しい山の中の林。

まさき散るかた山ばやし暮るる日にいまはなごりと秋風ぞ吹く（夫木和歌抄・高階重経）

月になくやもめがらすの声すみてかた山ばやし秋風ぞ吹く（六華和歌集・藤原信実）

などがあるが、証歌は多くない。「片」には辺鄙の意がある。

「残る夜」は、夜明け方。

時の間の老の眠りは覚ぬれど残る夜長き暁の空（続千載集・雑中・円伊）

などの例がある。

朝になると鶯の声が聞こえて来ることは、

野辺近く家居しせれば鶯の鳴くなる声は朝な朝な聞く（古今集・春上・読人不知）

とある。

「ややしらみ行く」は、周辺の光景全体が「しらみ行く」一方、鶯の声自体も形容して「鶯の声」が白んでいくようにも聞こえて、イメージが膨らんでいく感じがある。「ややしらみ行く」もあまり証歌は多くないが、

衛士のたく庭火の影もおく霜もややしらみ行く朝倉の声（永享百首・性脩〈公種〉）

雪の色にややしらみ行く山のはの梢にきゆる有明の月（永福門院百番自歌合）

まばらなる閨《ねや》のひまより知られけりややしらみゆく短か夜のほど（公賢集《きんかたしゆう》）

花の上はややしらみゆくしののめの木の間の空に有明の月（三十番歌合　後伏見院筆・徽安門院《きあんもんいん》）

などがあり、比較的室町時代に近い作例の多いことが知られる。最初の歌の「朝倉」は、斉明《さいめい》天皇が百済救援軍のために移った宮殿のあった所で神楽歌にも取り入れられている。ここでも下の句が「ややしらみ行く○○○○の声」となっていて、掲出歌と同じ構造だが、情景は、夜明け方に火影や霜が白くなっていくなか、「朝倉や」の神楽歌が聞こえるというもの。

「かた山ばやし」「残る夜」「ややしらみ行く」、いずれもさほど証例のないことばを組み合わせて、鶯の声を包み込んであたり一面が白みゆくという状況を端正に詠んでいる。

なお、三条西実隆《さんじようにしさねたか》の『雪玉集《せつぎよくしゆう》』に「竹林鶯」の題で、

竹しげきかた山ばやし明けやらで残れる月に鶯の声

との詠があり、これを参考にした可能性も高く、オリジナリティーという点で掲出歌には問題もある。ただし、先にも記したように、イメージの膨らみという点で掲出歌にも見るべき点があると思われる。

花雲

花ざかり山かさなれる影もいさ
　　ここに桜の雲の上とて

（柏玉集）

【通釈】
花ざかりの山々が連なっている姿もさあどうだかわかりませんが、この宮中も雲上ということでもあり、雲のように桜が満開に咲いているのですから、それでよしとしましょう。

【鑑賞】
「桜」を「雲」に見立てること自体は、

桜花咲きにけらしなあしひきの山の峡《かひ》より見ゆる白雲（古今集・春上・紀貫之）

をはじめ古くから見られるが、歌題としての「花雲」は意外に遅く、『耕雲千首』『為尹《ためまさ》千首』『宋雅千首』（飛鳥井雅縁《まさより》）あたりから登場する。

「花ざかり」は、

花ざかり過ぐしし人はつらけれどことの葉をさへかくしやはせん（後撰集・恋六・読人不知）

などの用例があり、桜と明示されているとなると、

春霞立ちなへだてそ花ざかり見てだにあかぬ山の桜を（拾遺集・春・清原元輔《もとすけ》）

がある。

「山かさなれる」には、

都をやいとどへだつるあしひきの山かさなれる秋の夕霧（安嘉門院四条《あんかもんいんのしじよう》五百首）

明ぼのや山かさなれる河上の雪よりいづる宇治の柴船（春夢草・肖柏《しようはく》）

分け行けば山かさなれる春風に雪より外の花もにほはず（雪玉集・三条西実隆）

思ひやれ都だにこそ雲水に山かさなれる五月雨の空（雪玉集）

などの先例がある。安嘉門院四条は阿仏尼《あぶつに》、鎌倉時代中期の人。あとは、後柏原天皇とほぼ同時期と言ってよい。

「いさ」は、いざ知らずの意で、さあどうだかわからないということ。

人はいさ心も知らず故里は花ぞ昔の香ににほひける（古今・春上・紀貫之）

「ここに桜の」には、「ここに咲く」と「桜」が掛けられている。この掛詞はやや俳諧的な感じがする。

「雲の上」には、宮中の意が利かせてあるのだろう。山里と宮中という場所の対比がここでは問題にされる。「雲の上とて」の「とて」は、「山かさなれる影」に憧れてはいるものの、それはそれとして、今は「ここに桜の雲の上」で満足しておこうという口吻なのだろう。

海辺時鳥

時鳥飽かずとや聞くとまやかた
花も紅葉も今の一声

（柏玉集）

【通釈】

時鳥の声を飽き足りないと思って聞くのだろうか、この粗末な家では。花も紅葉も今のこの一声には及ばないことである。

【鑑賞】

我が宿の池の藤波咲きにけり山時鳥いつか来鳴かむ（古今集・夏・読人不知）
五月来ば鳴きもふりなむ時鳥まだしきほどの声を聞かばや（古今集・夏・伊勢）

というように、時鳥の一声を賞翫することが、夏の到来を感じる最も基本的な行為だった。

「とまやかた（苫屋形）」は、苫で屋根を葺いた家で、「とまや」に同じ。

磯による波に心の洗はれて寝覚めがちなるとまやかたかな（山家集・西行）

大井河夏のみむすぶとまやかた短夜ならす月も宿らじ（拾遺愚草員外・藤原定家）

などの用例がある。

本歌としては、次の二首が指摘できるだろう。すなわち、最初の二句については、

暮るるかとみれば明けぬる夏の夜を飽かずとや鳴く山時鳥（古今集・夏・壬生忠岑《みぶのただみね》）

が、下の三句については、

見わたせば花も紅葉もなかりけり浦のとま屋の秋の夕暮（新古今集・秋上・藤原定家）

がそれぞれに踏まえられている。

細川行孝の問いに烏丸資慶《すけよし》が答えた聞書『続耳底記《ぞくにていき》』には、次のようにある。

海辺子規　　　　　　後柏原院

ほととぎすあかずとや聞《きく》とまやかた花も紅葉も今の一声

此歌、定家卿の浦のとまやの秋の夕暮を本歌にあそばし候やうに聞え候。但、本歌に御とり候にては、無御座候《ござなく》や。承《うけたまはりたく》度御座候。二条良基《よしもと》公の近代風体には、新古今迄本歌にとり、くるしかるまじきよし御座候。此段、具《つぶさに》承度存候。

うらのとまや、定家卿の歌とりたるにてもこれなく候か。但、定家卿の歌をおぼしめして、贈答

のこゝろ候か。如此《かくのごとき》事、功者之所作にて候か。先《まづ》、取古歌《こかをとる》事、詠歌大概のおもむき、新古今集之内古人之歌をとると申を用候。新続古今までも、寛治以往の人の歌をば取用候。

ここでは、先に引いた『新古今集』の定家の歌が本歌取りされていることについての問答がなされているのだが、とりわけ私に傍線を引いた部分「贈答のこゝろ」に注意したい。そのことをもう少し詳しく述べると次のようになる。花も紅葉もないと秋の夕暮れをお詠みになった定家さん、夏ならば郭公がありますよと、定家に呼びかける気持ちがこの歌にはこめられている。その呼びかけが「贈答」なのである。もし定家さんが夏の海岸を詠んだなら、『古今集』の壬生忠岑のあの郭公の歌を思い出したんじゃありませんか、だから、私はそう詠んでみたんですよ、というのである。ちょっと穿ちすぎかもしれないが、ひとまずはそんなふうに解釈しておきたい。

なお、「海辺時鳥」という題としては、

海辺郭公といふことをよみ侍りける

二声と聞かずは出でじ郭公いく夜明石のとまりなりとも (新古今集・夏・藤原公通《きんみち》)

などの証例がある。

蛛

ほどほどに見るにはかなし蛛の網《い》の
それにもかかる虫の命よ

（柏玉集）

【通釈】

それぞれにおいてはかなく見えることだ、弱々しく心細い感じがする蜘蛛の巣も、それにさえ引っ掛かってしまう虫の命も。

【鑑賞】

「ほどほどに」は、それぞれの分際の意。『源氏物語』幻巻に「さぶらふ人々にも、ほどほどにつけて物賜ひなど」などとあるのがそれだが、和歌ではあまり馴染みがない。

「蛛の網」は、蜘蛛の巣。歌ことばとしては、

風吹けば絶えぬと見ゆる蜘蛛の網も又掻きつがで止むとやは聞く（後撰集・雑四・読人不知）

大空に風まつほどの蛛の網の心細さを思ひやらなむ（後拾遺集・雑三・斎宮女御《さいぐうのにょうご》）

というように、はかないイメージがある。

蜘蛛の巣に掛かる虫などという光景は、それまでの和歌的世界では取り上げられていないのではないか。〈雅〉がほんの少し周縁の〈俗〉を取り入れた例のひとつと言ってよいかも知れない。

「それにもかかる」は、説明的な感じだが、二句切れで印象的に言い切った上で、蜘蛛の巣の頼りなさに加えて虫のはかなさを言うところが巧みである。もっとも題は「蛛」なので、それにしては虫のはかなさが前面に出すぎていて、題意を外していると言えるかもしれない。

（鈴木）

姉小路済継

あねがこうじなりつぐ

【プロフィール】

文明二年（一四七〇）～永正十五年（一五一八）、四九歳。公家・歌人。法号、常済。姉小路基綱男。参議・正三位。代々、飛騨国司。父や三条西実隆に和歌を学んだ。家集に『済継卿集』がある。

水石契久

すみ初めしその世やいつのさざれ水
岩ほをひたす影深きまで

（高松重季《しげすえ》聞書）

【通釈】

このさざれ水が澄み初めたのは一体いつの世のことだったのか。さらさらと流れる水が大きな岩を深々と浸すほど水影が深く澄むまでになって。

【鑑賞】

歌題「水石契久」は、源俊頼《としより》の『散木奇歌集《さんぼくきかしゅう》』に見られ、

治部卿通俊《みちとし》の八条にて水石契久といへる心を

そま川をたれそのかみにせきそめて絶えぬ岩まの滝となるらん

とある。水と石とが悠久の時間をかけて親和していく、そのような祝意を表す歌題なのだろう（『散木奇歌集』でも祝部に収められている）。この題には、現在の治世を寿ぐというニュアンスが含まれる。正《しょう》徹《てつ》や冷泉政為らも、

みがきおけ空に水とる玉がしは道たかき世の心をも見ん（草根集《そうこんしゅう》・正徹）

いく世とも岩まの水にわく玉の数かぎりなき光をぞ見ん（草根集・正徹）

水ぬるむ岩井は今や万代の春をくみしるはじめなるらむ（碧玉集《へきぎょくしゅう》・冷泉政為）

というように、この題で詠んでいる。以後も堂上歌会で、歌題として取り上げられている。

「さざれ水」は、さらさらと音を立てて行く小さな流れ。『金葉集』恋下に、

かしかまし山の下ゆくさざれ水あなかま我も思ふ心あり

という読み人知らずの歌が載る。この場合の「さざれ水」は世間の評判あるいは相手の恋人を指す。

掲出歌の発想の根底には、

我が君は千代に八千代にさざれ石の巌となりて苔のむすまで（古今集・賀・読人不知）

があろう。つまり、さざれ石が大きな岩になり苔が生えるように、さざれ水が長い年月をかけて淵となったという気持ちがこめられているのである。

歌意をさらに詳しく説明してみると、次のようになろうか。われわれは水が澄んでたたえられている今の状態を普通のことだと思っているが、昔小さな流れだった時から、気の遠くなるような長い時間をかけて、この状態となったのである。そのはじまりに思いを馳せてみることだ、と。

「すみ」には「澄み」以外に「住み」も効かせてあって「世」と縁語となる。この世に住み初めて以来というニュアンスも含まれているのだと思われる。

『高松重季聞書』には次のようにある。

水石契久といふ題に、済継、

すみ初しその世やいつのさざれ水岩ほをひたすかげふかきまで

といふ歌、雅喬《まさたか》などのよろしく出来たる時、此やうに有しと思ひてよろしく存《ぞんず》るよし、老父法皇へ申上侍ければ、此やうにこまへなる事にてはと仰有て、御意に入たるとは見え侍らざりけるよし、老父申し也。すべて済継歌はしほらしくよろしけれども、こまへなるとて法皇御意にはいらざりし也。法皇御製はさへたる物の至極、御きやうはたへにて、いかにしても学得がたき事と申侍り。

「法皇」は後水尾院。その院が済継歌には「こまへなる事」があるため評価しなかったこと、しかし重季は「すべて済継歌はしほらしくよろし」と感じていたこと、などが記されている。「こまへ」とは、格が小さくこぢんまりまとまっていること。「しほらし」は、優美なさま、風情のあるさまで、室町期の茶道で理想とされ、江戸期の歌論にも「歌は心をまつすぐに詞をきれいにしほらしくよみ出すべし」(尊師聞書)、「古人の歌はとかくしほらしき也」(詞林拾葉《しりんしゅうよう》)などしばしば見受けられるものである。どちらであるかの判断はともかく、歌の表現世界が時代を追うごとに細分化されていくなかで、このあたりが評価の分かれるところだったのかもしれない。

樵路日暮

そは伝ひ一人一人の帰るさに
柴取る山の日は暮れにけり

（参議済継集）

【通釈】
崖に沿ってきこりたち一人一人が帰る時、彼らが柴を取った山はすっかり日が暮れてしまった。

【鑑賞】
「樵路」は、きこりの通る道。歌題「樵路日暮」は、『草根集《そうこんしゅう》』『正徹千首《しょうてつ》』『松下集《しょうかしゅう》』『雪玉集《せつぎょくしゅう》』『称名集』などに見られ、室町時代になってから登場する歌題である。絵画的なイメージが看取され、画題にあるのかもしれない。あるいは、

樵子の路に因らずんば、争《いかで》か葛洪《かっこう》が家に到らん（禅林句集）

など、詩の表現と関連して出てきたものか。「葛洪」は中国六朝時代の晋の道士で、『神仙伝』『抱朴子《ほうぼくし》』などの著がある。「葛洪云々」は掲出歌と直接の関係はなかろうが、「樵子の路」などという表現が禅語にあること、そして、この時代に禅がもてはやされたことには一応の注意を払っておきたい。

「そは伝ひ」は、山の「そは」（岨。山の斜面の険しいところ。がけ）に沿ったところ、あるいはそこを伝って行くこと。

山もとの清滝川のそはづたひ紅葉になりぬ筏《いかだ》おとすな（和漢名所詩歌合・藤原基家）

奥吉野きびしき山のそはづたひ十津河おつるのなかせの水（蓮如上人集）

など用例はあるものの、歌ことばとして用いられるのは珍しい。

「帰るさ」は帰る時、帰り道。

「一人一人」「帰るさ」「日は暮れにけり」はそれぞれ、

思ふどち一人一人が恋ひ死なば誰によそへて藤衣着む（古今集・恋三・読人不知）

帰るさに妹に見せむにわたつみの沖つ白玉拾《ひり》ひて行かな（万葉集・巻一五・作者未詳）

白雲のかかる旅寝もならはぬにふかき山路に日は暮れにけり（新古今集・羇旅・永縁《ようえん》）

に見られる表現（傍線引用者）。

きこりたち一人一人が点景としてかろうじて見える一方、日暮れによってあたり一面が夕闇に包まれていくという、細部と全体を描き分けようとする神経の行き届いた感じが歌の眼目。

（鈴木）

卿内侍

【プロフィール】　きょうのないし

文明一五年（一四八三）～天文一二年（一五四三）、六一歳。済子。姉小路基綱の女。文亀元年（一五〇一）参内、先祖が宮内卿に任官することが多かったので、宮内卿内侍、略して卿内侍と呼ばれた。『卿内侍集』はその家集と伝えられる。室町後期の数少ない女流歌人の一人である。

憂き身には頼まずながらさすがまた
　筆の跡をば見てぞ慰む

（卿内侍集）

【通釈】

世のつらさを一身に負っている私は、恋する人の心など頼みにすることはできないが、しかしそうは言っても、かつてやさしい言葉を書き連ねてくれた手紙を広げて見ては心を慰めるのである。

【鑑賞】

「憂き身」はこの世で報われることのないつらい身。人生一般における状態も言うし、恋の成就できない身を言う場合もある。掲出歌は題を欠いていることもあって、どちらとも判断できないが、恋歌ととって後者の意とするのがよいであろう。「憂き身」であるから期待したいことの成就を頼みにすることができない、と詠む歌に、

流れての世をも頼まず水の上の泡に消えぬる憂き身と思へば（後撰集・雑一・大江千里《ちさと》）

などがある。この歌は人生のおいての悲哀を詠むが、恋歌では、

疑契恋

頼まじといふも契りは残りけり憂き身に慕ふ中の言の葉（為重集《ためしげ》）

などの例がある。

「さすがまた」はそうはいってもまた、の意で、中世以降、歌に多く用いられるようになった語である。「…ながらさすがまた」の言い回しそのものは、阿仏尼《あぶつに》の『安嘉門院四条五百首《あんかもんいんのしじょう》』中の歌に、

朝顔もあだなりながらさすがまた花咲き続くほどぞ久しき

と見える。掲出歌では、信頼など置いていないもののそうはいってもまた、という未練を表すのである。「筆の跡」は筆で書かれた文字のことであるが、手元に残された恋する者の手紙類をいうことが多い。

「頼む」と結んで詠み込まれた歌例に、藤原定家の

疑真偽恋

誰《た》がまこと世の偽りのいかならむ頼まれぬべき筆の跡かな（拾遺愚草）

などがある。死別後に残されたものとも取れるが、掲出歌では「頼まずながら」とあり、頼むことも可能性としてあることが前提となっていることから、相手はまだ生存していると思われる。交際が途絶えた後に残された、と解釈すべきであろう。

「見てぞ慰む」は西行の歌に、

白河の梢を見てぞ慰むる吉野の山に通ふ心を（山家集）

と詠まれた言い回しで、歌例の少ないことからもこの歌に学んだのかも知れない。

前述したように、「憂き身」「頼む」「筆の跡」など恋に関わる語句を詠み込んだ歌で、「不逢恋」などといった主題を詠んだものと思われる。相手の男など信頼するに足りないものの、それでもかつて男から届けられた手紙を広げて見てしまう女心が、「頼まずながらさすがまた」という口吻に表出し、全体に類型的ではあるものの女流歌人らしい恋歌となり得ている。

野春雨

露結ぶ草の若葉に知られけり
降るも音せぬ野辺の春雨

（卿内侍集）

【通釈】

草の若葉に露が結ぶのを見て知ったことである。音も立てずに春雨が野辺に降っていることを。

【鑑賞】

「野春雨」の歌題は中世初期の『如願《にょがん》法師集』に見えるのが早い。歌題としての出現は遅いとしても、「野」に降る「春雨」は、

我が背子《せこ》が衣春雨降るごとに野辺の緑ぞ色まさりける（古今集・春上・紀貫之）

など、古くから歌材として詠まれてきたものである。そのような春雨はこの貫之歌にも見えるように、草木を芽吹かせる暖かい雨であり、春の季節を実感させるものであった。掲出歌に「若葉」が詠み込まれているのはそのような伝統的な認識によるものである。「飛鳥井雅俊」「肖柏」の項参照。

「露」はここでは、

霞立つ朝日に晴るる春雨の露に糸抜く玉の緒《を》柳（拾玉集・慈円）

などと詠まれているような「春雨」の滴《しずく》である。その「露」が「草の若葉」に置く、そのことによって春雨の降っていることに気づいたというのである。この場合、「若葉に」としたところに着目すべきで、前述したように、「春雨」が若葉を芽吹かせるということが念頭にあってはじめて「春雨」を気づかせるのであり、そうでなければ、「露」の存在は秋を認識させるものであるからである。「露結ぶ」と詠み始めて、春の歌にする工夫がここに認められよう。

「降るも音せぬ」は、春雨が音もなく降るという観念からの謂いで、古く『小町集』にも、

春雨のさはに降るごと音もなく人に知られで濡るる袖かな

などと詠まれている。中世末に書かれた『連歌至宝抄《しほうしよう》』にも、

たとひ春も大風吹き、大雨降れども、雨も風ももの静かなるように仕り候ふ事、本意にて御座候ふ。

とある。この言い回し自体の先例は見当たらないが、後に後水尾院《ごみずのおいん》によって、

東屋《あずまや》の真屋《まや》のあまりに霞めるや降るも音せぬ春雨の空（後水尾院御集）

と用いられている。

末句の「野辺の春雨」は歌題をそのまま詠み込んだようなものであるが、歌例は少なく、『文保百首《ぶんぽう》』の三条実任《さねとう》の歌に、

降りそめて幾日《いくか》もあらぬに若草の緑を添ふる野辺の春雨

と見えるくらいである。この実任の歌も冒頭に述べたような「春雨」の本意を詠んだ歌で、掲出歌と同様に「春雨」をめぐる伝統的な認識を踏まえたものではあるものの、掲出歌の方がしみじみとした情趣が感じられる気がする。「若葉に知られけり」の趣向が作者の心の繊細さを表現し得ているからであろうか。

（廣木）

冷泉為和

【プロフィール】　れいぜいためかず

文明一八年（一四八六）～天文一八年（一五四九）、六四歳。為広の子。今川氏と関係深く、今川為和と通称。天文一七年在駿中に出家。法名は静清。一時期将軍義晴に近侍したことがあるが、多く地方下りをしており、特に駿府中心に甲府・小田原において地方大名中心の歌会の指導的役割を果たした。

樹陰夏月

枝しげみ漏りこぬ月も橘の
花や下照るひかり見すらん

（内裏歌合　文亀三年六月）

【通釈】

枝が茂っていて月の光は通ってこないが、橘の花はあたかも月の光を受けているように白々と鮮やかだ。

【鑑賞】

文亀三年六月、後柏原《ごかしわばら》天皇の内裏で行われた三十六番歌合の歌である。時に為和は一八歳。知られている為和のもっとも早い歌である。父為広の判詞に「万葉集に、橘の下照るなど侍るなり。夏木立の枝しげきにより漏りこぬ月のひかりを橘の花のひかりに見せたる作意、言ひ知りて侍り」とある。『万葉集』巻一八に載る河内女王《こうちのおおきみ》「橘の下照る庭に殿《との》建てて酒《さか》みづきいます我が大君かも」を典拠とする。河内女王の歌の「橘の下照る」については、橘の赤い実の輝きとする説、美しく咲く花の白さとする説の両様があるようだが、為和は、夏の夜の木々に月の光のさえぎられた闇に白々と浮かび上がる花の形容として使っており、あたかもここだけに月の光がさしているようだという幻想的な表現として効果的である。藤原長方《ながかた》に「橘の下照る枝に時鳥かた恋すらし声もしのばぬ」（長方集）がある。この歌も橘の花の表現であろう。「橘の下照る」という万葉表現を取り込んだ歌は多くは認められない。長方以外には近世の数例を検索し得たのみである。また、「樹陰夏月」の題では、文亀三年の歌合でもそうなのだが、「木の間を漏る月」を主題にするのが一般的であり、月の光が閉ざされた状態を詠む例は見られない。

為和の歌を見ると、典拠はあるものの、用例があまり豊富ではない歌語、特殊な歌語が散見される。たとえば、

①さまざまに運ぶよほろの隙《ひま》をなみ刈ほの門田かてゆふらしも
②目路つづく雲も雪げになよ竹の葉末にさゆる富士のねおろし
③雲はみなそらさりげなき夕立の風の行く手になびく稲妻
④月も今夜《こよひ》名だたる秋に有耶無耶の心にさはる雲霧もなし

などの歌がある。①の「よほろ」は「丁」、つまり官に使役する男であり、『金葉集』賀に

後冷泉院御時大嘗会《だいじやうゑ》主基方、備中国二万郷《にまのさと》をよめる　藤原家経《いへつね》朝臣

みつぎもの運ぶよほろをかぞふれば二万の郷人かずそひにけり

とあるように、大嘗会の悠基《ゆきすき》主基の歌に見られるが、それ以外には『為尹《ためまさ》千首』に一例見出すことができるのみである。為和の歌は藤原清輔《きよすけ》の「みつぎもの運ぶよほろのひざをなみ大蔵山の殿戸ひらけり」（大嘗会悠基主基和歌）に拠るものなのであろう。

②の「目路《めぢ》」は、『和泉式部集』の「詠《なが》むれど目路にも霧のたちぬれば心やりなる月をだに見ず」が早い例であり、他に、源俊頼《としより》・藤原教長《のりなが》に一例ずつ、そして正徹《しようてつ》に三例認められるだけである。以下省略するが、③④の例も為和以前の使用例は多くは見られない。③の「さりげなき」は『新古今集』夏に載る源頼政《よりまさ》の「庭の面はまだかわかぬに夕立の空さりげなくすめる月かな」が知られているが、④の「有耶無耶《うやむや》」に至っては歌枕「有耶無耶の関」を詠む例が為和を含めて数例知られるだけで、歌枕以外の一般語としての用例は見られない。

①から④の歌は為和晩年のものであるが、すでに文亀三年六月の歌合において為和は『毛詩』大雅《たいが》の「芻蕘《すうぜう》に詢《と》ふ」による「木こりにもこと問ふ道をためしにて千とせの山や君が行末」（内裏歌合文亀三年六月）もあり、若いころから語法の独自さに興味をもって作歌に向かい合っていたことが窺い知れるようであり、そのことは、判詞で見る限りでは父為広も承認していたようなのである。

旅行

田舎わたらひすみつくとても
後前のうき世の中よ何旅ならぬ

（為和集）

【通釈】

各地を経巡った末に辺地に住み着くことになったが、すべて定まることのないつらいこの世では、どこに住み着いても旅中であることに変わりはない。

【鑑賞】

この歌の左注に「右、駿州甲州両国に在住之間、如此《かくのごとく》詠」とある。天文《てんぶん》一四年（一五四五）、六〇歳の詠である。『公卿補任《くぎょうぶにん》』につけば、天文八年以降、駿河在国が多く、同一七年に駿河において出家し、翌年没した。この時期、特に散位（位階はあるが職務をもたない）の貴族が地方くだりをしている例はめずらしくない。年によっては散位の三人に一人が地方在国である年もある。さまざまな事情はあるのだろうが、都にいては生活がままならないということもあったのであろう。為和は今川義元に身を寄せていた。『公卿補任』は天文一四年在国とはしていないが、『為和集』によれば駿河にいたことがわかる。すでに享禄《きょうろく》三年（一五三〇）に「関」の題で「さすらふる身はひたぶるに夢の世をうつつに越ゆる有耶無耶《うやむや》の関」と詠み、左注に「此四、五年、世のみだれに都を離れ、ただよひありきければかくなん」と記している。

こうした歌を見る時、時代は少々さかのぼるが『永正狂歌合』が思い起こされる。永正五年（一五〇八）正月に催されたとするこの狂歌合は「世に背ける貧客どものつれづれのあまりに狂歌をよみて」とあって、時を得ない貴族がやつしに遊んでいる場を設定するわけだが、そこにはやむにやまれぬ心情の吐露も伺える。

世のなかは正月小袖けふたつをしらみぬのこのうらみてぞ着る

在国も年をかさぬる紙ぎぬやつくり貧乏してもみゆらん

という番《つがい》などは、そうした心境もあり得るのだろうと思わせる。

為和の歌に戻れば、「田舎わたらひ」（「田舎」は『伊勢物語』にならって「いなか」と読ませるのであろう）のはてに地方に住み着くことを余儀なくされた貴族の諦念、居直りが読み取れるのであり、その心境を俳諧化すれば、『狂歌合』の表現となる。ただし、掲出歌は狂歌ではない。貴族がままならぬ境遇を詠む沈淪述懐の型はあるが、為和の歌も、当代風の沈淪述懐の歌と言える。『為和集』は為和の生涯をうつしていて、地方、特に駿河の今川氏周辺の武士文人との応酬が多く見られる。題詠歌のまにまに日常的感性をうかがわせる歌があることに注意すべきだろう。

（林）

三条西公条

【プロフィール】　さんじょうにしきんえだ

文明一九年（一四八七）～永禄六年（一五六三）、七七歳。法名、称名院仍覚。父は内大臣実隆。父から古典学・古今伝授を継承し、特に源氏物語学を大成した。家集に後人の手になる『称名院家集』があり、約千六百首が収められている。

葉落月明　　永正六十御月次《つきなみ》

うき雲の下照る紅葉ちりはてて
月の光に山風ぞ吹く

（称名院家集）

【通釈】

雲の下で夜目にも赤く照り映えていた紅葉も今はすっかり散ってしまって、月明かりのなか、葉の落ちた山の木々を風が吹き抜けてゆく。

【鑑賞】

「葉落月明」題は、藤原清輔《きよすけ》の『和歌一字抄』所収の藤原国房「月もるぞうれしかりける我が宿のそともの木立ときはならねば」が最も早いようであり、その後の資料には見えず、『碧玉集《へきぎよく》』『柏玉集《はくぎよく》』『雪玉集《せつぎよく》』（それぞれ、下冷泉政為《しもれいぜいまさため》・後柏原院《ごかしわばら》・三条西実隆《さんじようにしさねたか》）の所謂三玉集そして公条に見えることになる。実を言えば、『称名院家集《しようみよういん》』はこの歌を永正六年（一五〇九）十月の月次御会の詠としているが、『碧玉集』も同題歌を「永正六年十月廿五日禁中月次御会」とし、『雪玉集』も「永正六十御月次」としている（但し、『実隆公記』にこの御会の記載は見えない）のであって、公条の歌を含めて四首ともに同じ御会での作であった。『和歌一字抄』については、大永二年（一五二二）に姉小路済俊《あねがこうじなりとし》が書写していたこと、さらには前年にも橘長頼らが書写し、室町後期に盛んに写されているという指摘がある（井上宗雄『中世歌壇史の研究　室町後期』）が、そうした流れのなかでの『和歌一字抄』所収題の採用であったのであろう。公条、永正六年は二三歳。すでに文亀三年（一五〇三）から宮中の歌会に名を連ねてはいるが、錚々たる歌人たちとの晴の場での詠作である。

「下照る」は、『万葉集』巻一九巻頭「春の苑《その》くれなゐ匂ふ桃の花下照る道に出で立つをとめ」（大伴家持）で知られる詞であり、「あかあかと映える」という意味である。「下照る」が紅葉の修辞として用いられている例はかなりある。一例を引けば「神無月しぐるるままに暗部山下照るばかり紅葉しにけり」

（金葉集・冬・源師賢《もろかた》）のごとくである。師賢の歌では「暗い」という名をもつ「くらぶ山」であるにもかかわらず照り輝く、としている。公条歌でも同じであって、雲が月を閉ざした暗闇の中で紅葉が照り映える景をつくる。しかしその景は過去のものであって今眼前にあるのは紅葉が散りはてた寒々とした裸木が月の光に映し出されている景である。そこを山風が吹き抜けてゆく。雲の下に紅葉の映える晩秋の記憶と冴え冴えとした月光に枯れ木がさらされる初冬の景とを対応させたところに公条歌の面白さがある。因みに後柏原院・政為・実隆の歌は、

松杉もなかなかみえてさやかなる月にくまある木がらしの山　（柏玉集）

照ると見し秋の木の葉のなごりとや枝にくまなき夜半《よは》の月影　（碧玉集）

知らずたが月のためとか木がらしの一葉を残すくまだにもなき　（雪玉集）

であって、晩秋との対応で題意を際立たせた公条に及ばないように思われる。公条は景を客観的に造形した歌にイメージ喚起力をもつ歌がある。以下、三首をあげておく。

早苗とる田面《たのも》をみれば夏山のかげをもひたす水の面《おも》かな　（吉野紀行）

風動野花

吹くからに野辺の千種《ぐさ》のうちなびき目に見ぬ風も色づきにけり　（称名院家集）

鹿声稀

刈り残すいなば一むら霜おきてをかべの道はさ牡鹿の跡　（称名院家集）

（林）

後奈良天皇

【プロフィール】　ごならてんのう

明応五年（一四九六）〜弘治三年（一五五七）、六二歳。第一〇五代天皇。在位大永六年（一五二六）〜弘治三年。後柏原天皇第二皇子。三条西実隆・飛鳥井雅俊から和歌を学ぶ。『後奈良院御集』『後奈良院御百首』など。

橋月

道知らば思ひのぼれる人もあれな
月の都の雲のかけはし

（後奈良院御詠草）

【通釈】

道を知っているのなら、気位を高く持って昇って行っていく人もあってほしい、月の宮殿へと続いていく雲の橋をたどって。

【鑑賞】

歌題「橋月」は、『玉葉集《ぎよくようしゆう》』（飛鳥井《あすかい》雅孝）、『新後拾遺集』（藤原信実《のぶざね》）に各一例見られる。「思ひのぼる」は、気位を高く持つこと。といっても、非難より賞賛のニュアンスが強い。この場合、月へと昇って行くという意もこめる。

かぐや姫のこの世の濁りにも穢れず、はるかに思ひのぼれる契りたかく（下略）

という『源氏物語』絵合巻の表現が意識されていただろう。「思ひのぼれる」の和歌の用例としては、『源氏』のこの絵合巻の、

雲のうへに思ひのぼれる心には千ひろの底もはるかにぞ見る

という、大弐典侍《だいにのないしのすけ》の詠もある。

「月の都」は、唐の玄宗皇帝が月宮殿に遊んだという故事（開元天宝遺事）も想起されるが、ここはやはり、

おのが身はこの国の人にもあらず、月の都の人なり。

という『竹取物語』の表現が踏まえられていると見るべきであろう。

天の原雲のかよひ路とぢてけり月の都の人も問ひ来ず（夜の寝覚）

という「雲のかよひ路」を天と地を結ぶ道ととらえる歌も作者の念頭にあったか。「月の都」の和歌の

用例としては、『新古今集』に、

ながめつつ思ふもさびし久方の月の都のあけがたの空（秋上・藤原家隆）

という歌もある。

「雲のかけはし」は、雲がたなびいているさまをかけはしに見立てたもの。「かけはし」は、この場合険しい山道などに板を掛け渡して作った橋（桟道《さんどう》）のこと。「木曾のかけはし」がよく知られている。

「雲のかけはし」の例は、『後拾遺集』に、

かぎりあれば天の羽衣ぬぎかへておりぞわづらふ雲のかけはし（雑三・源経任《つねとう》）

とあるが、これは宮中の階段。

かささぎの雲のかけはし秋くれて夜半《よは》には霜やさえわたるらん（新古今集・秋下・寂蓮）

の「雲のかけはし」はかささぎが空に掛ける雲の橋の意で、天の川のこと。

ただし、本当に月まで橋が掛かっていたという幻想的な光景も想像されてよい。そもそも中国では仙人が雲をたどって天上界に昇るとされていた。なお、「雲のかけはし」は漢語「雲梯《うんてい》」（戦争の際に用いられた高い梯子）の訓。

一首全体としては、『竹取物語』の世界がもっとも下敷きにあるのは間違いないが、『源氏物語』や『夜の寝覚』なども取り込んで重層的に一首を仕立てている。

着想もだが、ことばつづき全体もゆったりとしていて、とてもいい。帝王ぶりと言うべきか。（鈴木）

三条西実枝

【プロフィール】　さんじょうにしさねき

永正八年（一五一一）～天正七年（一五七九）、六九歳。右大臣公条の子。初名は実世、のち実澄、晩年に実枝。法名は三光院豪空（玄覚）。元亀三年（一五七二）から細川幽斎に祖父実隆以来家に伝わる古今相伝の講義を行い、天正四年（一五七六）一〇月に相伝証明状を与えた。嗣子公国が実枝四〇代半ばの子であり、古今相伝を伝授する年齢に達していなかったための措置であるとされる。歌学書に『初学一葉』があり、幽斎の『三百首詠』には実枝の和歌添削指導の痕跡が残る。家集は『三光院集』で約千首を収める。

釣夫棹月

釣の糸のをさまる風をすむ月に
待ち出でけりなうたふ舟人

（三光院集）

【通釈】

中秋の名月の中、風のおさまりを待って、舟歌を歌いながら心のどやかに舟人が海へ漕ぎ出す。あの屈原と向かい合った舟人のように。

【鑑賞】

「釣夫棹月」題は『明題部類抄』によれば『入道光俊朝臣百首』が最も早く、実枝以前では『飛鳥井《あすかい》雅世《まさよ》集』、大内政弘の『拾塵《しゅうじん》集』を知り得るだけである。「漁父棹月」は、正徹『草根集』、肖柏『春夢草』、後柏原院『柏玉集』、三条西実隆『雪玉集』に見ることが出来る。初句・二句の「釣の糸のをさまる風」という措辞が理解しがたい。一般に「釣の糸」は「乱る」「長し」に接続するが、実枝の父公条《きんえだ》の『称名院家集』に「あま小舟《を》風にまかする釣の糸のすぐなる道にまよはずもがな」があり、遥かに下って香川景樹《かげき》『桂園一枝拾遺《けいえんいっししゅうい》』に「釣の糸も月にをさめてゆく舟はさす棹さへや忘れはてけむ」がある。「糸竹」、つまり管弦の音に治世乱世があらわれる（礼記《らいき》）というところから「糸」と「直ぐ」「をさむ」が結びついたものなのか。「うたふ舟人」は『万葉集』巻一九・大伴家持「朝床に聞けば遥けし射水川《いみづかは》朝こぎしつつうたふ船人」によるものであるが、万葉集歌の異伝「あまびと」（和歌童蒙抄《どうもう》）を加えても、実枝以前では六例を検索し得るのみである。「釣夫棹月」題の雅世・政弘両歌ともに澄む月に誘われて船を出す景に作っている。

実枝の場合、景は澄む月に誘われて船を出すという同じものだが、別の含むところを持つように思われる。それは、「をさまる風」「うたふ舟人」が『楚辞《そじ》』の「漁父《ぎょほ》」を思い起こさせるからである。楚地に流され、「皓皓之白《かうかう》」が「世俗之塵」を受け入れられないことをいう屈原《くつげん》に向かい漁父は「滄浪《さうらう》の水清《す》まば、以て吾が纓《えい》を濯《あら》ふべし、滄浪の水濁らば、以て吾が足を濯ふべし」と歌って去る。融通無碍な漁父を配して屈原の清廉一徹さを浮かび上がらせたものである。本来清々しい光に満ちた世界にひと時その世界へ出ることをためらわせる風が吹く。その風もおさまったところで世界へ出る。「漁父」の歌う「滄浪の水清まば、以て吾が纓を濯ふべし」である。このような含意を見ることができるように思う。中世末期注釈の、所謂「裏の説」に陥ることを恐れるが、敢えて提示してみた。

実枝が古今伝授前に幽斎へ説いたと思われる歌学書『初学一葉』では、所謂二条家流の基礎的で堅実な詠法知識を教えると同時に、「稽古の功」を積んだ者には詠法に就いても寛容である。あまり例を見ない歌題を設定し、万葉語を採り入れ、語の接続に新味を見せ、含意するところも新鮮である。実枝の歌は人目を引く要素が多いとは言えないが、読みこんでゆくとこうした部分も見えてくるのである。

（林）

正親町天皇

【プロフィール】　おおぎまちてんのう

永正一四年（一五一七）～文禄二年（一五九三）、七七歳。第一〇六代天皇。在位、弘治三年（一五五七）～天正一四年（一五八六）。後奈良天皇第一皇子。三条西公条・実枝に和歌を学ぶ。『正親町院御百首』など。

夕立

鳴神のただ一とほり一里の
風も涼しき夕立のあと

（正親町院御百首）

【通釈】

雷がただ一通り一里を過ぎ去って、涼しい風が吹いてくることだ、これは夕立の残してくれたものなのだが。

【鑑賞】

「ただ」は、たった一度とか、これぱかり、それだけというニュアンス。「ただ一とほり」「一とほり」「一里」という、ひとつという数の繰り返しがリズム感を生み出している。「ただ一とほり」の用例としては、

風わたる軒ばの山のかしは木にただ一とほり降るあられかな　(沙弥蓮愉集《しゃみれんゆしゅう》・宇都宮景綱《かげつな》)

かつら川うぶねのかがり影見えてただ一とほり過ぐるむら雨　(嘉喜門院集《かきもんいんしゅう》)

など、鎌倉・南北朝期の例が確認できる。ただし、これらは霰と村雨が通り過ぎて行くのである。

「鳴神」が鳴り響き「風も涼しき夕立のあと」という情景としては、

吹きおくる風ぞ涼しき夕立の雲ゐる岑に鳴神の音　(菊葉和歌集・夏・三善直衡)

が参考となる。『菊葉和歌集』は室町期のものなので、やはり同時代表現と言えるのだろう。

九月尽

惜しみても何かは一つあだならぬ
今宵ばかりの秋の夕暮

（正親町院御百首）

【通釈】

秋が過ぎ去って行くのを名残惜しく思っていても、ひとつとして無駄なことはない、今宵かぎりの秋の夕暮れのすばらしさよ。

【鑑賞】

「九月尽」は、九月末日。この日で秋が終わる。

秋はただ今日ばかりぞとながむれば夕暮にさへなりにけるかな（後拾遺集・秋下・源賢《げんけん》）

をはじめ、しばしば詠まれる歌題で、掲出歌も常套的な詠みぶりだが、「何かは一つ」という表現によって惜秋《せきしゅう》の感情を強く表している点が面白い。

「あだ」は、無駄なこと、実を結ばないこと。それを否定することで対象を称揚することは、すでに、

後蒔《のちま》きの遅れて生ふる苗なれどあだにはならぬ頼みとぞ聞く（古今集・物名・大江千里）

に見られる。掲出歌では、惜しむという営みが無駄になることが全くないほど、九月尽の夕暮れの光景はひとつひとつがすばらしいというわけである。

「今宵ばかりの」は先行例も多くあるが、

秋にまたあはむあはじもしらぬ身は今宵ばかりの月をだにみむ（詞花集・秋・三条院）

を挙げておきたい。もっとも、三条院の歌の場合、九月尽ではなく、八月十五夜が今宵限りだということなのだが。

（鈴木）

II

武家歌人

北条早雲

ほうじょうそううん

【プロフィール】

永享四年（一四三二）～永正一六年（一五一九）、八八歳。法号、宗瑞。駿河国興国寺城主となり、伊豆・相模を制圧し、後北条氏繁栄の基盤を作った。

梓弓おして誓ひをたがへずは
祈る三島の神もうくらん

（続武家百人一首）

【通釈】

神への誓いを何としてでも違えることなくいたなら、お祈り申し上げた三島の神も私の願いを聞き届けて下さるだろう。

【鑑賞】

「梓弓」は梓の木で作った弓。神聖なものとされる。押したわめて弦を張るため「おす」にかかる。『古今集』には、

梓弓おして春雨今日降りぬ明日さへ降らば若菜摘みてむ（春上・読人不知）

とあり、ここでは、「春雨」「張る」が掛けられ、序詞的に「梓弓おして張る／おして（一面）春雨今日降りぬ」とつながる。

「おして」は、無理に、強引にということ。

おして否と稲は搗《つ》かねど波の穂のいたぶらしもよ昨夜《きそ》ひとり寝て（万葉集・巻一四・東歌）

がある。

この場合、神との誓約を守ることによって自らの願いを叶えてもらうという授受関係があるのだろう。守り続けることが難しい誓いだが、何とかしてそれを守ったならば自分の願いも叶うにちがいない、という強い気持ちがこめられている。

「三島の神」は、伊豆の三島大社。治承《じしょう》四年（一一八〇）挙兵を前にして頼朝が戦勝祈願をした神社。そののち鶴岡八幡宮や伊豆山神社・箱根神社と並んで鎌倉幕府の厚い崇敬を受けた。東海道の往来が盛んになるにつれて名声も高まり、『東関紀行』に「伊豆の国府に至りぬれば、三島の社のみしめ、うち

拝み奉るに（中略）この社は伊予の国三島大明神を移し奉ると聞く」とあるなど、紀行文には必ずと言っていいほど記された。室町幕府の他、鎌倉公方・関東管領・小田原北条氏・徳川幕府からも厚い保護を受けている。伊豆国一の宮。

早雲が祈ったのは、やはり戦いの勝利だったのだろうか。そして、それに続く世俗的な栄光も。「おして」というところの武骨さが武士の歌らしい。

なお、『続武家百人一首』（天理大学附属天理図書館蔵写本）では、和歌本文の右肩に、「豆相物語」と出典が注記してあるが、未詳。

（鈴木）

蜷川親元

【プロフィール】 になかわちかもと

永享五年（一四三三）生、長享二年（一四八八）没、五六歳。室町幕府の政所代。蜷川親当男。世襲によって、文明五年（一四七三）に政所代に補せられた。執事伊勢貞宗のもとで幕政に参与し、また『蜷川親元日記』は貴重な資料として知られている。文明一二年、甘露寺親長亭歌会に参加。没後、親元所蔵の定家筆『伊勢物語』が三条西実隆に贈られた。「蜷川親元百首」などがある。家集『道寿法師集』。

帰雁

暁の嶺飛び越えて横雲に
つれてわかるる春の雁金

（道寿法師集）

【通釈】

夜明け方に、峰を飛び越えて、横にたなびく雲に従って、その山から離れて旅立って行く春の雁であることよ。

【鑑賞】

『道寿法師集』では、この歌の右肩に「為広」と傍記され、冷泉為広《れいぜいためひろ》が評価したものと知られる。「つれてわかるる」に「詞めづらし」との評も記されているが、たしかにあまり例を見ない表現であろう。

掲出歌が、藤原定家の人口に膾炙した一首、

春の夜の夢の浮橋とだえして峰にわかるる横雲の空（新古今集・春上）

を踏まえていることは言うまでもあるまい。「横雲」は、明け方の空にたなびく雲。定家の歌では、その雲が峰から離れていくわけだが、そのような動きに従って、春の雁もまた北国への旅路につくというのが掲出歌の内容なのである。「嶺飛び越えて」行くのも「わかるる」のも、雁の行為なのだが、定家の本歌によって横雲の存在感がはっきりと認められるため、両者がダイナミックに関わり合いながら動いていく荘厳な感じがある。

なお、「嶺飛び越えて」は、八代集では、

鵲《かささぎ》の峰飛び越えて鳴きゆけば夏の夜渡る月ぞ隠るる（後撰集・夏・読人不知）

に見られる表現。ここは鵲だが、『拾遺愚草』では、

暮れぬなり山もと遠き鐘の音に峰飛び越えて帰る雁がね

と、雁が「峰飛び越えて」行き、その点掲出歌に近い。

横雲の風にわかるるしののめに山飛び越ゆる初雁の声（新古今集・秋下・西行）
横雲の晴れ行く跡の明ぼのに嶺飛びわたる初雁のこゑ（正治初度百首・藤原隆信）

も参考になる。

（鈴木）

木戸孝範

【プロフィール】　きどたかのり

永享六年（一四三四）～没年未詳。文亀二年（一五〇二）以後まもなく没したか。歌人。従五位下・三河守。家は代々、関東管領の重臣。号、羅釣翁。冷泉持為門。心敬・太田道灌とともに関東歌壇を指導した。正徹・宗祇・東常縁とも交流があった。家集『孝範集』。

庭橘

夕風は松のうらやむ面影に
花橘の雪はらふらむ

（孝範集）

【通釈】
夕方の風は、松が橘を羨ましいと思った、あの『源氏物語』の場面を踏まえ、橘のすばらしさに魅かれて、雪のような橘の花を吹き払うのだろうか。

【鑑賞】

歌題「庭橘」は室町時代に入ってしばしば見られるようになる。意味を取りにくい歌であるが、詠まれている内容としては、

(ア) 松が橘を羨ましいと思う
(イ) 橘の花が雪のようである
(ウ) 夕風が橘の花を吹き払う

という三つの要素に分けて捉えられよう。

(ア)は、『源氏物語』を踏まえてのもの。末摘花巻には、次のようにある。

橘の木の埋もれたる、御随身《みずいじん》召して払はせたまふ。うらやみ顔に、松の木のおのれ起きかへりてさとこぼるる雪も、名にたつ末のと見ゆるなどを、いと深からずとも、なだらかなるほどにあひしらはむ人もがなと見たまふ。

橘の木が雪に埋もれているのを随身が払うと、松も羨ましく思いながらひとりで起き上がる、この『源氏』の一節が掲出歌に投影されていることは間違いない。

(イ)の橘の花と雪の見立ては、たとえば、

時ならずふる雪かとぞながめまし花橘のかをらざりせば (更級日記)

という歌のように、平安和歌に既に用例がある。掲出歌の橘・雪という要素は(ア)『源氏』から導かれてもいる。

(ウ)は、(ア)に指摘したような松が羨ましく思った美しい橘という面影が、夕風をしてその花に向けて吹かしめるのである。花橘に風が吹くという光景自体は、

風に散る花橘を袖に受けて君が御跡と偲《しの》ひつるかも（万葉集・巻一〇・作者未詳）

というように、万葉以来見られるものであり、

五月雨の空なつかしく匂ふかな花橘に風や吹くらむ（後拾遺集・夏・相模）

夕暮はいづれの雲のなごりとて花橘に風の吹くらむ（新古今集・夏・藤原定家）

などの例もある。定家の歌は、本歌とまでは言えないものの、夕暮れ時の風が花橘に吹くという光景や、また「夕」から始まり「花橘」が四句目に置かれるなど歌の構造自体に似通ったところが見られる。

おそらく、「夕風は」「花橘の雪はらふ」という主述の間に「松のうらやむ面影に」という表現が入っていることがこの歌を難解なものにしているのだと思われる。しかし、『源氏物語』を踏まえた「松のうらやむ面影に」というこの表現こそが、風が雪ならぬ花橘を吹き払う理由となっており、ここに自然への繊細で耽美的なまなざしが発揮されている。ひとつひとつのことばの連鎖を解きほぐしていくことで作者の狙いも明らかになる。

そして、そのような趣向の複雑化という点に時代らしさがよく窺える。

梢猿

嶺の松のぼりつくしてなく猿や
月の桂に枝うつりせむ

（孝範集）

【通釈】

嶺に生えている松の木の頂まで登って鳴いている猿は、月の桂の枝へと飛び移ろうとしているのだろうか。

【鑑賞】

「梢猿」は、『為忠家初度百首』をはじめ、正徹《しょうてつ》の『草根集《そうこんしゅう》』や三条西実隆《さんじょうにしさねたか》の『雪玉集《せつぎょくしゅう》』などに見える歌題。

「嶺の松」については、「嶺の松風」という用例が中世以降多く見られるが、「嶺の松」ではさほど多くない。

「月の桂」は、月に生えているとされる伝説の桂の木。高さ五百丈（約一五〇〇メートル）もあると言う。


久方の月の桂も秋はなほ紅葉すればや照りまさるらむ（古今集・秋上・壬生忠岑《みぶのただみね》）

の名歌によってよく知られている。

「枝うつり」は、

やまびこのこたふばかりにましぞなく木々のこずゑに枝うつりして（為忠家初度百首・源頼政）

にある。

掲出歌も「枝うつりせむ」という表現が印象的で、月の桂にまでも飛び移りそうな猿の長い手が想起されて、映像を鮮明に喚起させられる、いい歌だと思う。それもそのはずで、恐らくは画題「猿猴《えんこう》取（把）月」に拠って、この歌は発想されたのだろう。この画題は、猿が水中の月を取ろうとしたところ枝が折れて死んだことから、分不相応を戒める風諭がこめられているとされる（もっとも、掲出歌それ自体には、そのような寓意は含まれていまいが）。

室町時代には五山を中心として禅画が盛んに行われており、この画題も「子母猿猴」「臨流猿猴」「枯木猿猴」などとともに禅林で好まれたものであった（島田修二郎・入谷義高監修『禅林画賛』〈毎日新聞社、一九八七年〉）。五山文化は当時最も洒落た外来文化であったわけで、掲出歌もその影響下にあるハイカラなものなのだと思う。

海上夕立

潮を吹く沖の鯨のわざならで
　一筋曇る夕立の空

（武州江戸歌合）

【通釈】

潮を吹いて沖を泳ぐ鯨のしわざではなくて、夕立を運んでくる一筋の雨雲が空に浮かんでいることだ。

【鑑賞】

掲出歌が収められている『武州江戸歌合』は、文明六年（一四七四）六月十七日江戸城で太田道灌によって催されたもので、『新編国歌大観』の解題（三村晃功）には「地方の武家主催による歌合の古い例として注目される」とある。

掲出歌は、太田道灌の、

海原や水まく竜の雲の波はやくもかへす夕立の雨

と番えられ、負とされているものの、大変印象的な一首であると思われ、以下に、もう少し分析を加えてみたい。

まず、鯨という歌材について考えてみる。古代には、「勇魚《いさな》」の意で、「いさ」「いさな」と呼ばれた。『万葉集』には「いさなとり」が十二例あり、海、磯などに掛かる枕詞として用いられている（「いさな」と「くぢら」は異なるとの説もある）。

本格的な捕鯨が始まるのは戦国時代の頃から（沢井耐三「鯨」〈『國文學』臨時増刊号「古典文学動物誌」、一九九四年十月〉）であったらしい。それ以前はいわゆる寄鯨《よりくじら》――シャチなどに追われたり、あるいは死んだりして、鯨が浜に打ち寄せられること――が主であった。掲出歌の鯨も捕鯨という感じではない。ただ、枕詞「いさなとる」として用いられている時よりも、イメージは具体的になっているし、また、

鯨取るさかしき海の底までも君だに住まば浪路しのがん（六百番歌合・顕昭《けんしよう》）

など枕詞でない先例と比べても、やはり具体性は増している。写実的とまでは言えないかもしれないが、実際に海を泳ぐ鯨への共感といったものが高まっている。そう言ってよいのではなかろうか。これも、この時代のひとつの特徴であろう。

「わざならで」は、『他阿上人家集《たあしようにん》』に、

樒《しきみ》つみ閼伽《あか》の水とるわざならで此つれづれのなぐさめはなし

に先例がある。他阿上人は鎌倉時代の歌人。

「一筋曇る」は、『為尹千首《ためまさ》』に、

さざ浪やうち出のはまに月さえて一筋曇る瀬田のなが橋

との例がある。冷泉《れいぜい》為尹は、南北朝期から室町時代を生きた、孝範より少し前の時代の人。

技巧としては、激しい雨をもたらす一筋の雲を鯨が吹いた潮であるかのように錯覚しそうになったというとなのだが、夕立を運んできたのは、あたかも鯨自身ではないかという雄大な空想も感じられる。その点が歌の根底にあることで、一首が躍動的になっていると思われるのである。いわゆる和歌的な優美さとは一線を画す力強さは、新しい感覚として評価されてよい。

［付記一］　初出誌、『日本文学』五三巻二号、二〇〇四年二月。

［付記二］　本書再校時に、村尾誠一『正徹』（新典社、二〇〇六年）が掲出歌を取り上げて、その参考歌として、正徹の『草根集』に載る、

潮吹く鯨のいきと見えぬべし沖に一むらくだる夕立

を挙げていることを知り得た。このような類想歌が正徹にあるとすると、本書で指摘した史的意義自体は間違っていないと思うが、掲出歌の価値については割り引いて捉える必要がある。

（鈴木）

足利義政

【プロフィール】　あしかがよしまさ

永享八年（一四三六）～延徳二年（一四九〇）、五五歳。室町幕府八代将軍。妻は日野富子。幕府将軍としては無力であり、応仁の乱の一原因ともなったが、文化面では所謂東山文化の中心的人物として、猿楽・建築・造園などに洗練された趣味を発揮した優れた文化人であった。和歌にも熱心であり、飛鳥井雅親（栄雅）を師とし、重用した。幕府における歌会は文安四年（一四四七）以降継続的に行われている。義政は寛正六年（一四六五）に雅親を撰者として廿二番目の勅撰集撰集を企図したが、応仁の乱により中絶されたまま終った。家集に『慈照院殿義政公御集』『義政公御集』、他に『慈照院殿御自歌合』等がある。

秋夕

ながめつる夕べは山の奥もなし
　秋にうき身の隠れ家もがな

（慈照《じしょう》院殿《いんどの》義政公御集）

【通釈】

夕暮れ時に秋の物思いに深くとらわれている我が身にとっては、山の奥といえども心を澄ませ、安らかにすごせるところとは言い難い。この秋に、思い悩む我が身をなだめてくれる隠れ家があったらいいのに。

【鑑賞】

この歌は『慈照院殿御自歌合』二四番で

鳴く虫のさせもが露や寒からし枕の壁に声のうらむる

と番えられ、左に置かれており、初句は「ながめわぶる」となっている。『慈照院殿御自歌合』は文明一五年（一四八三）に、義政がそれまでの詠草から百首を抜き出し、五〇番の歌合として飛鳥井雅親《あすかいまさちか》に判をもとめたものである。歌題はすべて省かれている。雅親は「左、深山之幽居に於て秋夕を憂ふ。右、寒更之敗壁に於て暗蛬《あんきよう》を聞く。共に秋景之感有るを以て、豈《あに》雌雄を決せん乎《や》」と判じた。

「山の奥」については、さまざまな歌がある。例えば他阿《たあ》上人は

何処《いずこ》にも物憂き山の奥はなしさびしかれとぞ世をば逃《のが》れし（他阿上人集）

と「山の奥」に自足する心を詠む。「山の奥」は「憂き」から逃れ、心澄んだ状態に身を置く場であるし、また

わびぬれば松の嵐のさびしさもたへてすまるる山の奥かな（新拾遺集・雑中・読人不知）

のように、自ら「わび」た心境を求めて安住する場である。しかしながら

友もなきみ山の奥にながめてぞ世は出でがたきものと知りぬる（草庵《そうあん》集・頓阿《とんあ》）

と、山住みの困難さが実感されることも、さらには

なほ深き山の奥にと思ふこそかくてもすまぬ心なりけれ（同右）

と、心の安定を求めてさらに山奥へと移り住む、つまり、安定をもたらす場は存在しないことを予感させる歌も歌われているのである。

掲出歌は、正に秋思の身の置き所のなさを直截に歌ったものである。雅親は『慈照院殿自歌合』一八番右の

夏ぞなき高根の雪を見るに冬聞くに秋ある富士の川風

について「右。見るに冬、聞くに秋あるなど、言葉をかざらずして心をさきとせられけり。この体、一つの姿にしてをかしく見ゆ」と評しているが、掲出歌においても、「夕べは山の奥もなし」「うき身の隠れ家」といった表現は思いをそのままに表現しており、特徴的である。勿論、「隠れ家」は、『古今和歌集』の歌以来、多く詠まれてはいる。

井上宗雄氏は、義政の

いたづらになすこともなく月日へてことしもまたや暮れんとすらむ（慈照院殿義政公御集）

について、「これが足利義政の歌だ、と作者を考慮して味わうとき、込められている苦さが厳しいものとして把握される」と「なすこともなく」「失意の中に風流生活に逃避した」思いを読み取っている（『日本名歌集成』學燈社）。掲出歌も、雅親の評の如く、「秋夕」の「憂居」を主題にしていることは間違いないが、居場所を失った義政の深い思いを見ることが出来るようにも思うのである。

（林）

大内政弘

【プロフィール】　おおうちまさひろ

文安三年（一四四六）～明応四年（一四九五）、五〇歳。多々良氏。武将。防府・長門・豊前・筑後の守護。従四位下、左京大夫。父は教弘。和歌を三条公敦、連歌を宗祇に学ぶ。応仁の乱の折、西軍の重鎮として活躍。多くの公家、文人などを後援、古典籍の収集にも努めた。その居館のあった山口には公家・文人などが多く下向、中国地方の一大文化圏をなした。准勅撰連歌集『新撰菟玖波集』撰集を援助、付句六五、発句一〇句入集。家集に『拾塵和歌集』がある。また、兼載に追悼文『あしたの雲』がある。

夏車

風送る後ろの簾巻き上げて
行くや涼しき夜半《よは》の小車《をぐるま》

（拾塵《しゅうじん》集）

【通釈】

風が吹き抜け、後ろの簾を巻き上げて走って行くのはきっと涼しいことだろう、夜半の小車よ。

【鑑賞】

「夏車」の歌題は珍しく、正徹《しょうてつ》の『草根集《そうこんしゅう》』に見えるのが初めか。ただし、「夏」の「小車」そのものは藤原定家によって、

行き悩む牛の歩みに立つ塵の風さへ暑き夏の小車（拾遺愚草）

と詠まれている。この定家の歌にあるように、夏の車は暑さ故に難渋している様子を詠むのが一般の観念であったと思われるが、それをここでは「夜半の車」として、昼間とはうって変わった涼しさを詠んで、新鮮味を出している。夏でも風の吹く夜は涼しいことは、

吹く風は我が宿に来る夏の夜は月の影こそ涼しかりけれ（古今六帖・作者未詳）

などと詠まれている。ここではそのような夜、走る車に乗る者の涼しさを推測するのである。掲出歌と同様に、「小車」と夜の涼しさを詠んだ歌例には、

月に行く夜道涼しみ小車の簾を風は吹き通すなり（伏見院御集）

があるが、こちらは秋の小車を詠んだものである。「夜半の小車」という言い回しそのものを詠み込んだ例は和歌では管見に入らないが、連歌では、

誰《た》が乗るならし夜半の小車（竹林抄・雑上・杉原賢盛《かたもり》）

の例が見られる。「簾」は、

夜にかかる簾に風は吹き入れて庭白くなる月ぞ涼しき（玉葉集・夏・二条教良女《のりよしのむすめ》）

などのように、それを動かす風と取り合わされ、涼しさを呼び起こすものとして、常套的に詠まれている。掲出歌は、「風」に動く「夜半」の「簾」を詠むことで、定家の歌にあるような暑さを感じさせるはずの「夏の小車」に涼しさを喚起させたと言える。

初句の「風送る」は、風を送る、とも解せるが、風が何物かを吹き送る、の意であろう。この言い回しの歌例も珍しいが、正徹《しょうてつ》の『草根集《そうこん》』に、

風送る霞のま袖ふりはへて山路に会ふも花の香ぞする

などと使われている。掲出歌では風が簾を後ろへ吹き送る、ということである。この「簾」は「後簾《うしろ》」のことで、前簾に対して牛車の後ろに懸けられた簾である。前簾も吹き送られていたのであろうが、それは車の内部に靡くので、外からは見えにくい。つまり、掲出歌は、傍で車の走り去るのを見ての詠で、その様子を描いたものなのであろう。王朝絵巻を見る趣の歌と言える。ただし、一四世紀中頃のものと推定できる連歌に、

小車の簾を風の吹き上げて（何路百韻《なにみち》「雪まぜの」）

という類似の句があり、連歌作者でもあった政弘の念頭にあった可能性がある。

「車」は軽快な感じのする車で、八葉《はちよう》の車または網代《あじろ》車と読み取ってよいのではなかろうか。『平治物語絵巻』「三条殿夜討巻」の冒頭には、後白河上皇の仮御所炎上に驚いて、馳せ参じる公家の牛車の後

簾が後方に靡いている様子が幾つか描かれ、スピード感を出している。これらの車も八葉の車と網代車である。政弘はこのような絵巻から示唆を得て掲出歌を詠んだ可能性も考えられるが、この歌では、そのような切迫した様子は感じ取れず、夜半のことでもあり、女のもとに急ぐ車と考えてよいのか。そのような車が颯爽と風を切って目の前を走り去っていったのである。一陣の風がその車を見ている者にも吹いてくるかのようである。

山路雪

冴《さ》ゆる夜の仮寝の夢に聞こゆなり
明日の山路の雪折れの声
(拾塵集)

【通釈】

冴え冴えとした夜、夢うつつで仮寝をしていると、明日越えて行く山路のあたりから雪の重みで木々の枝が折れる音が聞こえてきたことだ。

【鑑賞】

「山路雪」は『久安《きゅうあん》五年七月歌合』に見え、その後しばしば詠まれた歌題。一般的には、それでなくともつらい山路が雪でさらにつらくなることを詠む。同じ歌題で「雪折れ」を詠み込んだ例には、源俊《とし》頼《より》の、

冬来《き》なば思ひも掛けじ愛発《あらち》山雪折れしつつ道惑ひけり（散木奇歌集《さんぼくきかしゅう》）

などがある。掲出歌も同様に山路の困難さを想像しての歌で、その点では常套的と言えよう。ただ、その雪の降り積もる様子を眼前のものではなく、夢うつつの中で聞いた「雪折れの声」として聴覚によって捉えており、そこに工夫が感じられる。

「仮寝」は熟睡することなく寝ることを意味するが、旅寝をいうことが多い。『源氏物語』夕霧の巻の次の歌は、そのような旅寝に仮託し満たされぬ恋のつらさを詠んだものである。

秋の野の草の茂みは分けしかど仮寝の枕結びやはせし

掲出歌では、そのようにもともと浅い眠りである上に冴え冴えとした夜であるためにより一層、深く寝入ることができないのである。

露しげき小笹《を》が原の風の音に仮寝の夢を結びやはする（千五百番歌合・藤原俊成卿女《しゅんぜいきょうのむすめ》）

は、『源氏物語』夕霧の巻の歌を踏まえて、「仮寝の夢」を詠み込んだものである。

また、「冴ゆる夜」にはすぐに目覚めてしまうことは、

冴ゆる夜は伴《とも》の御奴《みやつこ》夢覚めて丑《うし》三つ諭す暁の声（正治《しょうじ》後度《ごど》百首・藤原範光《のりみつ》）

などと詠まれている。そのような夜、夢であったのか現実なのか、山の方からしんしんと降る雪の重みで木の枝が折れる音が聞こえてきたというのである。「雪折れの声」を詠んだ歌は散見するが、山の木の「雪折れの声」が「聞こゆなり」と詠んだ歌には、

道絶ゆる麓の里に聞こゆなり外山《とやま》の松の雪折れの声（光経《みつつね》集）

があり参考になる。この藤原光経の歌では「雪折れ」するほどの雪で「道絶ゆる」とするが、掲出歌も同様に「雪折れ」するほどの雪のために明日越えて行く山路がふさがれてしまうことを予測するのであろう。

夜もすがら宿に焚く火に憂ふなり明日の山路の雪はいかにと（草根《そうこん》集）

という正徹の歌は、明日越えて行くべき山路が雪で深く埋もれるであろう寒さを憂えるが、掲出歌はそのような雪で木々の枝が折れ、より難渋することを詠む。

冴え冴えと更ける夜、寝つくともなく寝ていると、夢か現か、あたりが静まった雪の夜、明日越えるべき山路から雪で木々の枝が折れる音が聞こえてきた、というこの歌は、旅の困難を想像する内容の歌ではあるが、その現実味よりも冬の山の静寂の中での雪折れの音という、目を瞑った中の研ぎ澄まされた聴覚に訴えることによって、かえって雪の山路を視覚的に浮かび上がらせている。

古寺花

花盛り過ぐるも知らず垂れこめて
壁にねぶれる春の古寺

（拾塵集）

【通釈】

花の盛りが過ぎたのも知らずに、塗り込められた壁に閉じ込められて、ひっそりと眠っているかのような春の古寺よ。

【鑑賞】

「古寺花」の歌題は建仁《けんにん》元（一二〇一）年に詠進された『仙洞《せんとう》句題五十首』に見え、その後定着した。

掲出歌は、『古今集』の

垂れこめて春の行方も知らぬ間に待ちし桜も移ろひにけり（春下・藤原因香《よるか》）

を本歌としているものの、「花」を描くよりも「古寺」に主眼があって傍題《ぼうだい》の感があるが、春という季節の妖艶な倦怠を表現し得ていて魅力がある。「垂れこめて」は、『古今集』歌では人が簾や格子戸などを下ろして閉じこもっている様子をいい、ここでも人を介在させて、そのような人のいる古寺と解することも可能かも知れないが、古寺そのものが、世の中の動きから隔絶しているさまを詠んだと受け取るべきであろう。「壁にねぶれる」が解釈しにくいが、壁に囲まれて眠っている、の意であろう。古来、『後撰集』に見える

まどろまぬ壁にも人を見つるかな正《まさ》しからなん春の夜の夢（恋一・駿河）

の「壁」の解釈に困惑し諸説が提出され、例えば歌学書『歌林良材集《かりんりようざい》』では、「夢を壁といふ事、夢をば寝る時に見るによりて夢を壁と云へり。壁も塗るものなるによりてなり」と述べ、連歌学書『産衣《うぶぎぬ》』では「壁は塗るものなる故に、寝る事を壁と云へり」などと記し、「寝《ぬ》る」と「塗る」が音を通じ合い、その縁によって「寝る」ことを「壁」、さらに「夢」を「壁」と言うと説明している。政弘もこのような説は知っていたと思われるので、「壁」を「ねぶる」の縁語として使用し、夢を見つつ、の意をそこに込めていると思われる。政弘には他に、「ねぶる」と「春の古寺」を詠み込んだ、

暮らしかねしばしねぶれば入相《いりあひ》も夢をぞ残す春の古寺（拾塵集）

という歌があるが、こちらの「ねぶる」の主語は自分自身で、掲出歌とは相違する。ただし、春眠のけだるさと「春の古寺」という俗を離れた世界とを結んでいて、漂ってくる風情は類似している。「春の

古寺」という言い回しそのものは、歌では珍しいが、

樒《しきみ》を濯《すす》ぐ春の古寺（寛正三年二月二七日何人《なにびと》百韻・元用）

など、連歌では散見される。政弘はこの表現を連歌から学んだとも想像できよう。

掲出歌は、盛りを過ぎて散り迷う桜の花びらの中に、ひっそりと眠るがごとく佇む白壁の古寺を詠んだ歌で、

山寺の春の夕暮来てみれば入相の鐘に花ぞ散りける（定家十体《じつてい》）

や、

南の寺の残桜《ざんあう》は寂寞《せきばく》として紅なり（和漢兼作集・慶滋保胤《よししげやすたね》）

の詩句に描かれた風景と共通するが、その寺を擬人化して、垂れこめて眠るがごとく、としたところに新鮮な描写が成り立ったと言える。三好達治の詩、

あはれ花びらながれ／をみなごに花びらながれ／をみなごしめやかに語らひあゆみ／うららかの跫《あし》音空にながれ／をりふしに瞳をあげて／翳《かげ》りなきみ寺の春をすぎゆくなり／み寺の甍《いらか》みどりにうるほひ／廂《ひさし》々に／風鐸《たく》のすがたしづかなれば／ひとりなる／わが身の影をあゆまする甃《いし》のうへ（測量船・「甃のうへ」）

は少女を介在しての寺の描写であるが、花の散る春の寺の風情には通じるところがある。

冬月

槇の戸も開けぬ霜夜に人の来て
月をぞ語る埋《うづ》み火のもと

（拾塵集）

【通釈】

槇の戸も開けずにいる霜夜、夜が明けないうちに、人が我が家を訪ねて来て、見てきた月のすばらしさを埋み火のかたわらで語ることだ。

【鑑賞】

「冬月」の題は『古今和歌六帖』に見え、その後、多く詠まれ、秋の月と違って冴え冴えと澄んだ風情が賞翫されてきた。次の『源氏物語』朝顔の巻での光源氏の言葉はそのような冬月の趣をよく表している。

花・紅葉の盛りよりも、冬の夜の澄める月に雪の光り合ひたる空こそ、あやしう、色なきもの〵身にしみて、この世のほかの事まで思ひ流され、面白さもあはれさも残らぬ折なれ。

掲出歌でもそのような月が話題となったことが詠まれているが、歌の主眼は「人の来て…語る」ところにあり、人事の歌といった方が適切な感がある。

「槇の戸」は出入り口にする開き戸である。それを開けて月を見るというのが風雅を解するものの習いである、ということが前提になっている歌と言える。正徹《しょうてつ》の『草根《そうこん》集』には、

山の端に出づるを見んと槇の戸を開くれば明くる夏の夜の月

と詠まれている。その習いを掲出歌では、霜の置く夜の寒さのために守らずに戸を閉ざしたままにしているというのである。「開けぬ」には夜が「明けぬ」の意が掛けられていると思われる。そのような夜明け前、友人が訪ねて来てその夜の月のすばらしさを語ってくれたという。

一般に夜に訪れる「人」は恋の相手の男であり、その訪れと「槇の戸」を取り合わせて詠んで恋の歌とすることも多いが、掲出歌での「人」は友人としてよいのであろう。夜明け前のために灰をかけてあったものの、それでも暖かい埋み火のかたわらで、二人は語り合うのである。「埋み火」が暖かいことは、

埋み火のあたりは春の心地して散りくる雪を花とこそ見れ （後拾遺集・冬・素意《そい》）

などと詠まれている。『師兼《もろかね》千首』中の「炉辺閑談」と題された、

来《こ》し方を語り合はせてさ夜中と更くるも知らぬ埋み火のもと

と類似した状況を描いた歌であるが、この花山院《かざんいん》師兼の歌と相違して、月を愛でる友人との語らいが描かれることで風雅な趣が漂う歌となっている。

（廣木）

足利義尚

【プロフィール】　あしかがよしひさ

寛正六年（一四六五）〜長享三年（一四八九）、二五歳。義政の子、母は日野富子。文明五年（一四七三）、九歳にして義政を襲い、室町幕府第九代将軍。早くより和歌に興味をもって、公武を集合した歌壇を形成した。歌合も主催し、文明一五年には、勅撰集に相当する撰集作業（撰藻抄）を開始したが、果たさずに終った。家集『常徳院御集』は文明一三年に始まる日次を中心にしており、三三二首を納める。

その末つ方に、藤原尚隆《ひさたか》とただざしむかひに詠みける時、湖辺歳暮

うき秋は思はざりけりささなみや
浜辺に年の暮れんものとは

（常徳院《じようとくいん》御集）

【通釈】

過ぎこし方に心めぐらしていた秋には、このように都を離れて志賀の湖の浜辺でつらい思いで年の末を迎えようとは思いもしなかったことだ。

【鑑賞】

詞書の「その末つ方」は、文明一九年（一四八七。七月改元して長享《ちょうきょう》）の暮れである。この年の九月、義尚は、近江において専横を極めた佐々木氏六角高頼《たかより》を追討するために出兵し、鈎《まがり》（現栗東《りつとう》市）に陣を張った。この年、義尚は二三歳である。『常徳院御集』には、「（九月）十二日近江国進発のためにおもむき侍りしに、まづ東坂本の陣所にて続歌《つぎうた》詠み侍りしに、暮秋山」の詞書以下、この時の歌が宋世《そうせい》飛鳥《あすか》井雅康《いまさやす》・三条西実隆《さんじようにしさねたか》等との贈答を含めて一〇首余り載る。閏一一月二八日には陣中見舞いに訪れた宋世を迎え、三〇首歌を張行しており、義尚の和歌好尚を窺い知ることができる。掲出歌はその一連の一首である。「藤原尚隆」は義尚側近の武士。他にも「（文明一八年）十一月中つ方、藤原尚隆とさしむかひて歌よみ侍りしとき、江雪」の詞書が見られ、日常的に義尚の歌の相手をしていたようである。

「うき秋」は、たとえば、『古今集』巻四、凡河内《おおしこうちの》躬《み》恒《つね》に

うき事を思ひつらねてかりがねの鳴きこそわたれ秋の夜な夜な

とあるように、秋の愁いに沈み、さまざまなことが思い起こされることを言う。「うき秋」という言葉自体も、中世初頭には歌語として定着していたようで、藤原家隆《いえたか》に用例が見られ、正徹《しょうてつ》以後は頻出する。義尚の場合、「うき秋」の「秋思」という本意をそれほどに考えなくてもよいのかもしれない。単に「秋」を言うために「うき秋」という成語を使ったと見てよいように思われるが、下句の心情に揺曳

はしている。「ささなみ」は「志賀・近江」の枕詞。ここでは「ささなみ」で近江を示唆する。その「浜辺」であるから、琵琶湖のほとり、つまり遠征先の地「鈎」を言う。

年の暮れに、鈎の陣屋で、側近く仕える尚隆を相手によもやまの話をしている中で、近江へ出陣してからすでに三箇月以上経っていることが今さらながら思い起こされ、秋にはまさかこんな事態になろうとは思いもよらなかった、都にいれば、さまざまな越年の行事もあったろうに、ここではそれもならず、さびしい年の瀬だ、という愚痴ともつかぬ心情をそのまま歌に託したものといえよう。

幼くして将軍となった義尚は、義政後の将軍に擬せられた義視《よしみ》との関係、父義政《よしまさ》との不和、畠山・大内・細川間の確執など問題を抱え込み、時代がらもあって、必ずしも平坦な人生を歩んだわけではなかった。おそらく、ままならぬ思い、予期せぬ事態に囚われた生涯であったのだろう。文明一二年には義政との不和が原因で遁世を心に決めたこともある。こうした生涯を考えると、この歌は、はからずも自身の日常のありようを吐露したものとなっているように思われもする。『常徳院御集』には苦衷を託した歌が散見される。

義尚は、この歌の二年後、長享三年三月にこの歌を作した鈎の陣所で没した。

忍逢恋

逢ひみてぞ心の奥は知られける
忍ぶの山の露のした道

（三十番歌合）

【通釈】

逢うことによって初めてあの人の心の真実を感受することが出来たのであった。山の木々の下道を露に濡れつつ、人目を忍び、心迷わせ、道にも迷いながら訪れて。

【鑑賞】

出典は、文明一三年一一月二〇日に行われた『三十番歌合』（『続群書類従』には「文明十三（二イ）年十一月十五（廿イ）日」とある）。題は、「寒夜月」「竹雪深」「忍逢恋」、作者は義尚の外に、蜷川親長《になかわちかなが》・三条西実隆《さんじょうにしさねたか》・飛鳥井雅康《あすかいまさやす》らの公家と細川政国《まさくに》・杉原宗伊《そうい》らの武士、総勢二〇人の会であった。衆議判であるが、飛鳥井栄雅《えいが》（雅親《まさちか》）が後日に判詞を書き記している。掲出歌は二九番左の歌である。「忍逢恋」は一三世紀中頃にすでに見られる題であり、類題集『題林愚抄』で窺えるところでは、たとえば

うつつとも思ひさだめぬ逢ふことを夢にまがへて人に語るな（聖兼《せいけん》）

世にもれん後のうき名をなげくこそ逢ふ夜も絶えぬ思ひなりけれ（瓊子《けいし》内親王）

今宵《こよひ》さへ同じ人目をいとふかな逢ふにまぎるる涙ならねば（二条為道《ためみち》）

のように、忍んで逢った後に浮名が流れることへの恐れを本意としている。ところが、一五世紀ごろのこの題による実際の詠歌は、『題林愚抄』に示されるのとは異なった傾向も見せる。

心せよかさぬる衣《きぬ》の音なひはやはらかなるも著《しる》かりぬべし（草根《そうこん》集・正徹《しょうてつ》）

折ふしよ竹のなる夜の風のまに我が身ほそめて閨《ねや》に入りぬる（松下《しょうか》集・正広《しょうこう》）

さ夜更けぬ出でんとすれば小簾《こす》の戸に人のささめく声ぞ聞ゆる（松下集）

更けて訪《と》ひ明けぬに急ぎ人目避《よ》く契はいつを隙《ひま》としもなし（雅康集）

いずれも、忍び逢っているその状況を形象しているのであって、より即物的な歌となっていると言えよう。

義尚の歌もこうした傾向の中にある。判詞を見ると、右方の「下句優美殊勝」、さらに栄雅の「心の奥の知らるるにつけても、忍ぶの山の露のした道を分けまよふ心姿、をかしくも侍るかな」という評価

が記されている。判詞は言い及んでいないが、義尚歌は、『伊勢物語』一五段の

しのぶ山忍びて通ふ道もがな人の心の奥も見るべく

を本歌とする。本歌は、あなたの心のありようを見定めるべく、こっそりと通う道があったらよいのに、と男が女に自分の恋心を認めさせようとしているものであるが、義尚はそれを受けて、思いが通じた後の男の心情を表現している。こうした本歌取りは、『井蛙抄《せいあしょう》』言うところの「本歌の心にすがりて風情を建立したる歌、本歌に贈答したる姿」にあたる。

右方の評価する下句は、「忍ぶの山のした道」としてほぼ同時代に数例見られる歌句で、奥羽の歌枕「信夫山《しのぶ》」から「忍び、耐える」意を効かせ、「した道」でそうした状態に自らを置くことを言う。したがって「忍恋」の歌題で、たとえば

しるべせよ心の奥に分けかねて迷ふ忍ぶの山のした道（草根集）

と、思いままならぬ心の表現として使われる。一方、義尚の歌では、本歌に応じつつ、「忍ぶの山の露のした道」を伝い、忍ぶ山を越えて（障碍を越えて）相手と逢ったことになる。「忍び逢う」表現となっているのである。その結果、相手の心を確かめ得たということであり、「忍逢恋」の本意とされた、名を流すことへの恐れが含意されていないという点、同時代の趨勢と同じということになる。（林）

蒲生智閑

【プロフィール】　がもうちかん

文安元年（一四四四）か〜永正一一年（一五一四）、七一歳か。貞秀。近江国蒲生郡日野を本拠にした豪族。六角氏の家臣。三条西実隆、飛鳥井雅親、宗祇、兼載らと交流。家集に『蒲生智閑和歌集』。『新撰菟玖波集』に五句入集。

早蕨《さわらび》

行き通ふ都のつとと山人の
手ごとに折れる峰の早蕨

（蒲生智閑集）

【通釈】

行き通う都への土産として山人たちがそれぞれ手折る峰の早蕨であることだ。

【鑑賞】

「早蕨」は、

石走《いは》る垂水《たるみ》の上の早蕨の萌え出づる春になりにけるかも（万葉集・巻八・志貴皇子《しきのみこ》）

以来、歌語となったが、多く詠まれるようになったのは『堀河百首』の題となって以降であろう。元来、「早蕨」の「さ」は接頭語であろうが、志貴皇子の歌からも「早」の意が込められ、早春の芽吹いたばかりの蕨のイメージが付加されて詠まれている。『能因歌枕《のういんうたまくら》』にも「早蕨とは、はじめの蕨をいふなり」とある。このような蕨の新芽は手折られて食用にされた。『堀河百首』にも、

飛火野《とびひの》に今萌え出づる早蕨のいつ折るばかりならんとすらん（永縁《ようえん》）

の歌が見える。掲出歌はこのような「早蕨」の詠まれ方を踏まえた題詠である。

「行き通ふ都」の表現は珍しい。一般に和歌に詠まれた都は、旅中遠くから思いやるもので、「心」や「夢」が通うとする例は多いが、そのような都に行き来することが詠まれることは少ない。ここは、

爪木《つまぎ》には野辺の早蕨折り添へて春の夕べに帰る山人（壬二《みに》集・藤原家隆《いえたか》）

などから類推すると、爪木（薪のための枝）などを売るために山人が山と都を行き来するような状況が想定されていると考えられるか。

登るも苦し真柴《ましば》採る山

大原や賤《しづ》は都に行き帰り　（親当《ちかまさ》句集）

と連歌に詠まれているのが参考になろう。智閑自身、近江の自宅と都を頻繁に行き来していたと思われ、そのような智閑の生活が反映していると見てもよい。

「都のつと」は都への土産。『古今集』に、

小《を》黒崎みつの小島の人ならば都のつとにいざと言はましを　（東歌）

の歌例がある。都への「つと」ではないが、「山人」が「つと」として「早蕨」を折ることは、

山人は家づととてや手折るらん爪木の道に萌ゆる早蕨　（耕雲《こううん》千首）

と詠まれており、掲出歌と類似する。「手ごとに折る」は各自がそれぞれ手折る、の意で、「桜花」ではあるが「手ごとに折」って「つと」とすることは、

見てのみや人に語らむ桜花手ごとに折りて家づとにせむ　（古今集・春上・素性《そせい》）

と詠まれている。

「峰の早蕨」は『源氏物語』早蕨の巻で亡き大君を偲んで詠まれた中の君の歌、

この春は誰にか見せむ亡き人の形見に摘める峰の早蕨

に見える語句で、この歌の「誰にか見せむ」という思いは、掲出歌の「つと」にしたいという思いに通ずるものがあろう。

なお、『和漢朗詠集』に採られている小野篁《たかむら》の詩句、

紫塵《しぢん》の嫩《わか》き蕨は人手《ひとて》を拳《にぎ》る（早春）

などに見られるように、「蕨」の形状は人の手に譬えられる。ここでも手の形の似た「早蕨」が手に折り採られるという趣向が凝らされているか。

この歌は以上見てきたように、古典和歌における「早蕨」の詠まれようを踏まえたものであるが、それらを自家薬籠中のものとして、技巧を感じさせないように作られている。都へ通うことの容易になった季節である春の到来の喜びを、山人が早蕨を土産とするという行為によって言い表した歌と読むこともできるかも知れない。

海辺月

影もただ船にさやけし秋の海や
　漕ぎ行く跡を月に見るまで

（蒲生智閑集）

【通釈】
漕ぎ行く船の航跡が月の光でくっきりと見えるまでに、月光がひたすら船を明るく清らかに照らし出している秋の海であることだ。

【鑑賞】
「海辺月」の歌題は平安末期頃から見えるようになったもので、『顕輔集《あきすけ》』には、

　人々来りて歌詠むに、海辺月を
住の江に宿れる月の村雲は松の下枝《しづえ》の陰にぞ有りける

の歌詠がある。

「影」は月光。「さやけし」は澄み切って清く、明らかであるさまをいう。「影もただ船にさやけし」とは月光が一際船を明るく照らし出している様子をいうのであろう。下句の「跡を…見るまで」は程度を述べたもので、それほど月光が「さやけし」であるというのである。「月」の「影」が「さやけし」と詠む歌例には、

千々《ちぢ》の秋さやけき月の影までもかしこき御代に澄める池水（新後撰集・賀・西園寺公経《きんつね》）

などがある。また、漕ぎ行く船とさやけき月を結んだ歌には、

夜船漕ぐ藤江の浦の有明に波路を送る月のさやけさ（後鳥羽院御集）

がある。

「秋の海」という言い方は和歌では珍しく、『後撰集』の

秋の海に映れる月を立ち返り波は洗へど色もかはらず（秋中・清原深養父《ふかやぶ》）

の他、古歌ではほとんど見当たらない。それに比して連歌では心敬《しんけい》の

山の端に初潮運べ秋の海（心玉集）

など多く用いられ、連歌において好まれた表現と言える。掲出歌ではこの「秋の海」に「や」という詠嘆の間投助詞が添えられ、あたかも「秋の海」が主題であるかのように詠み込まれている。

「漕ぎ行く跡」は航跡であるが、航跡は一般には沙弥満誓《しゃみまんせい》の

世の中を何にたとへむ朝ぼらけ漕ぎ行く舟の跡の白浪（拾遺集・哀傷）

が意識されることが多く、無常感を伴う語句である。「漕ぎ行く跡」を詠み込んだ次の藤原隆信《たかのぶ》の歌例も同様である。

美福門院《びふくもんゐん》隠れさせ給ひける御葬送の御供に、草津といふ所より舟にて漕ぎ出でける曙の空の気色、波の音、折からもの悲しくて詠み侍りける

朝ぼらけ漕ぎ行く跡に消ゆる沫《あわ》のあはれまことにうき世なりけり（新拾遺集・哀傷）

しかし、掲出歌ではそのような思いを読み取る必要はないであろう。秋の海の上の月が、海全体ではなく、海原の船の辺りだけを照らし出すかのように、黒々とした海の中に船とその航跡だけを浮かび上がらせている。「ただ」とあることからもそれを強調していることが分かる。低い位置にある太陽や月は海に一筋の光の帯を作り出すことがあるが、そのような光景であろうか。秋の海の静寂を月光とそれに照らし出された船・航跡によって描き出した歌と言えよう。

（廣木）

素純

【プロフィール】　そじゅん

?～享禄三年（一五三〇）、七〇余歳か。東胤氏。常縁の子。下野守。宗祇から古今伝授を受ける。家集に『素純百番自歌合』、歌学書に『かりねのすさみ』があり、今川氏親を助けて歌集『続五明題集』を編纂した。『新撰菟玖波集』一句入集。

稲妻

秋の空風待つ頃のうたた寝に
涼しく通ふ宵の稲妻

（素純百番自歌合）

【通釈】

秋の空に風が吹くことを待って、うたた寝をしていると、涼しげな気配が通ってきた。この今宵、稲妻が光ったのである。

【鑑賞】

「稲妻」の歌題は早く『古今和歌六帖』に見える。『連珠合璧集《れんじゅがっぺきしゅう》』にも「秋の始めのものなり」とあるように初秋の歌材として詠まれてきた。したがって、掲出歌の「秋の空風待つ頃」とは夏から秋へ移り変わる頃と考えてよく、空が秋の気配を漂わせるようになった頃、秋に吹く風を待っていると、稲妻が光った、というのである。「水無月つごもりの日詠める」と詞書のある『古今集』夏の巻軸歌の、

夏と秋と行きかふ空の通ひ路はかたへ涼しき風や吹くらむ（凡河内躬恒《おおしこうちのみつね》）

を念頭にしての歌で、ここで詠まれたような秋の涼しい風を待っていたが、というのである。

このような時期にうたた寝をしていると秋風が吹いて来る、ということは、『拾遺集』秋の巻頭歌として、

夏衣まだ一重《ひとえ》なるうたた寝に心して吹け秋の初風（拾遺集・安法《あんぽう》）

と詠まれている。「稲妻」を涼しいとした歌例は管見に入らないが、「稲妻」は雷雨を伴ったのであろうか。雨によって辺りの気温が下がるというのが現実的な解釈であろうが、秋のものである稲妻が光り、雷雨を予測させるだけで涼しさを感じたのかも知れない。

この歌は以上のように秋の到来を詠んだ歌と言えるが、「待つ」「うたた寝」「通ふ」などの語が使われていることにより、恋の趣も感じさせるものとなっている。「風待つ」の語は古歌において、恋人の

訪れと重ね合わせて詠まれてきた。『万葉集』巻第四の額田王《ぬかたのおおきみ》と鏡王女《かがみのおおきみ》の

君待つと吾《あ》が恋ひをれば我が宿の簾動かし秋の風吹く

風をだに恋ふるはともし風をだに来むとし待たば何か嘆かむ

は後代に大きな影響を与えた。掲出歌も、恋人はともかく風だけでもと、恋人の訪れを願う思いが込められているようにも読み取れよう。

　このような「待恋」の趣は「うたた寝」の語にも感じられる。

はかもなき夜を頼むかな宵の間のうたた寝にだに夢は見ずやと（和泉式部集）

などと、和泉式部は宵のうたた寝の僅かな間でもよいから恋人の夢を見たいと詠み、式子内親王は、

はかなしや枕定めぬうたた寝にほのかに迷ふ夢の通ひ路（千載集・恋二）

と、うたた寝では恋人を満足に見ることができないと詠んでいる。

　掲出歌はこのような思いを含意しながら、「通ふ稲妻」と結ばれる。「稲妻」が「妻」（ここでは「夫《つま》」の意）を掛けることは和歌の伝統的な詠まれ方で、「うたた寝に」「稲妻」が「通ふ」と詠む歌例に、

はかなしや荒れたる宿のうたた寝に稲妻通ふ手枕《たまくら》の露（六百番歌合・藤原良経《よしつね》）

があり、掲出歌の本歌の一つとなっている。恋の歌として詠む時は、「稲妻」はこの良経の歌にあるように一瞬のもので、「うたた寝」と合わせて、逢瀬のはかないことを暗示させるのであろう。

旅泊雨

雨暗き入り海かけて寄る舟の浮き寝に沈む鐘の一声

（素純百番自歌合）

【通釈】

雨が降って暗い入り海に向かって、浮き沈みつ、漕ぎ寄せる舟の中で横になっていると、海に沈むかのように鐘の音が一声聞こえてきた。

【鑑賞】

「旅泊雨」の歌題は、頓阿《とんあ》の『草庵集《そうあんしゅう》』に「民部卿家に題を探りて歌詠まれしに、旅泊雨」と見えるのが早い例である。ただし、旅泊での雨は旅のつらさを募らせるものとして、『堀河百首』にも「旅」の題の中で、

旅人の板間も合はぬ東屋《あづまや》に宿る今宵ぞ雨なそそきそ（源師時《もろとき》）

と詠まれている。

「雨暗き」とは、夕暮れ時、雨によってますます辺りが暗くなったことをいうのであろう。雨が降れば暗くなるのは当然であるが、それによって気持ちも暗くなるのである。「雨暗き」という言い回しを使った歌例は中世中期まで管見に入らないが、不遇な生涯を送った女性である上陽人《じょうようじん》の立場で詠んだ白居易《はくきょい》の詩句には、

蕭々《せうせう》たる暗き雨の窓を打つ声（和漢朗詠集・秋夜）

とあり、影響が感じられる。

「入り海かけて寄る舟」は停泊するために入り海に向かって近寄る、という意である。入り海は港に適しているためで、

舟泊むる港や近くなりぬらむ入り海見えて向かふ松原（拾遺風体集・羇旅・文屋重久）

などと詠まれている。「鐘」を打つ寺は入り海を囲む山の上にあるのであろう。そのような入り海に、舟は今夜の停泊のために入り込んで波に漂う。「浮き寝」は船中で寝ることをいうが、

海原に浮き寝せむ夜は沖つ風いたくな吹きそ妹もあらなくに（万葉集・巻一五・作者未詳）

などのように、古くから「浮き」に「憂き」が掛けられることが多く、ここでも旅泊のつらさを含意している。

「鐘の一声」は前述した状況から入相《いりあい》の鐘と見てよい。歌例には、

行く秋も今や半ばに過ぎぬらむ月に寝ぬ夜の鐘の一声（秋篠月清集《あきしのげっせいしゅう》・藤原良経）

などがある。その鐘の声が舟に聞こえてくるというのは、張継《ちょうけい》「楓橋夜泊《ふうきょうやはく》」の詩句、

夜半の鐘声《しょうせい》客船に到る（三体詩）

を思い起こさせるものである。

また、鐘の音が「沈む」とする表現は、

入相の鐘の響きも沈むなり雲閉ぢ添ふる五月雨の暮（嘉元百首・西園寺公顕《きんあき》）

などと中世以後見られるようになったものであるが、掲出歌では、「浮き」に対しての修辞上の工夫を持たせながら、鐘の音が山の上から海の水に吸い込まれるように消えてゆく状況をよく表現していると言える。その一声の後、辺りには夜の闇、静寂が訪れるのである。

作者は船中にいるとしてよいと思うが、そのような自分自身を含めて、歌で詠まれた全景を俯瞰する位置に立って詠んだ感もある。歌が醸し出す色調は漢詩句の影響などもあって、まさしく水墨画のようである。（廣木）

道堅

【プロフィール】　どうけん

生年未詳～享禄五年（一五三二）。本名岩山四郎尚宗。出家して道堅。近江佐々木氏の一族。将軍義尚に近侍していたが、長享三年、義尚改め義熙が近江鈎の陣で没したのに殉じて出家。明応四年（一四九五）に三条西実隆の指導を受けるようになり、以降『実隆公記』にしばしばその名が見える。周防・能登・近江等地方を遍歴し、中央と地方の文化交流にも貢献した。

月前聞鹿

月にこそ涙残さね鳴く鹿の
　ひとりある暮は忍びても見つ

（道堅法師自歌合）

【通釈】

月の光の中で鹿の鳴く音を聞くと涙がとめどもなくあふれる。独り身の夕暮れ時には胸に迫る思いを耐えながら月を見ていたのだが。

【鑑賞】

『道堅法師自歌合《じかあわせ》』は二種の判詞をもつ。一つは『群書類従』所収のもので、明応六年（一四九七）一二月八日に記したという趣旨の跋文が備わる。判者は「正六位上凡河内俊恒」。もう一つは『続群書類従』所収のもので、判者名はない。「正六位上凡河内俊恒」は戯名で、両判者のいずれかが三条西実《さんじょうにしさね》隆《たか》の可能性があるとされる。

「月前聞鹿」題は平安末期の覚性《かくしょう》法親王『出観《しゅつかん》集』、あるいは藤原公重《きんしげ》『風情《ふぜい》集』が早い例で、その後、建仁元年（一二〇一）『仙洞《せんとう》句題五十首』に採用される。『道堅法師自歌合』の歌題は全て、これと同じである。『仙洞句題五十首』は後鳥羽院《ごとばいん》・藤原良経《よしつね》・慈円《じえん》・俊成卿女《しゅんぜいきょうのむすめ》・宮内卿《くないきょう》・藤原定家の各五〇首から成る。「月前聞鹿」題についてみると、

さ牡鹿も小野の草臥しふしわびて月夜よしとや妻を恋ふらん（良経）
霰ふる深《み》山の奥の月影に秋を忘れぬさ牡鹿の声（宮内卿）
おのれのみ秋のあはれを音《ね》にたてて月影かこつさ牡鹿の声（俊成卿女）

は文字通り、月光の中で鳴く鹿そのものの描写になっているが、

秋の野のささわくる庵《いほ》の鹿の音《ね》にいく夜露けき月を見つらん（定家）

は、月を見、鹿の鳴く音を聞いている人物を想定し、その心中に言い及んでいる。道堅の歌は、この延

長上にある。『仙洞句題五十首』以降、この題の詠歌は数首見られるが、そのすべてが良経・宮内卿の形を踏んでいて、道堅の歌だけが特殊ということになる。

道堅の歌について、『群書類従』所収本の判詞は

ひとりある暮れを忍び過して、月の前にたえざらん。鳴く鹿の涙のほども、聞く人の心の中もさこそと推し量られて、感興深くこそ覚え侍れ。

と評す。

とし、『続群書類従』所収本は、

ひとりある暮れの涙は、千万行の愁ひも長くそへぬべく、余情《よせい》も深きやうに見え侍れば、

道堅歌の「ひとりある」は、妻を求める鹿と、山住みの我が身とを含み、この部分で上からの文脈と下への文脈が交差している。月の下で妻恋の鹿の鳴く声を、山住みの人物が聞いていることになる。たとえば、

秋萩の下葉色づく今よりやひとりある人の寝《い》ねがてにする（古今集・秋上・読人不知）

のように、「ひとりある」は独り身の秋思の表現として定着しているし、

ひとりあるわれも寝られぬ秋の夜をたぐひなしとや鹿の鳴くらん（澄覚法親王集《ちょうかくほっしんのう》）

と鹿のなく音がその思いを強めるものとされる。

道堅の歌は、こうした詠み様を踏まえつつ、夕暮れから月の時へと時の推移を持ち込むことによって

漸層的な効果をもたらす。鹿の鳴く音を聞きながらも、夕暮れには耐えに耐えていた寂寥の思いが、時移り、月の光を目にするに及んで堰を越えてあふれる。「涙残さね」には、あえてそれをとどめようとはせず、あるがままにまかせる心のありようが描出されている。時間の流れを逆転させた一首の構成が印象を深めてもいる。『群書類従』所収本の判詞は的確であり、『続群書類従』所収本の「余情深き」も「月前聞鹿」題を満足しつつ、それを受け止めている人物の心中に渉るものとして道堅歌を読んでいることを示す評語である。（林）

細川高国

【プロフィール】　ほそかわたかくに

文明一六年（一四八四）～享禄四年（一五三一）、四八歳。武将。法名、道永・常桓。細川宗家を継ぎ、管領となる。近衛尚通・三条西実隆らの公家歌人、宗長・宗碩らの連歌師と親交を結び、蹴鞠・造園などにもすぐれていた。家集に『細川右京大夫自歌合（高国自歌合）』などがあり、細川家代々が興行してきた北野天満宮法楽千句連歌（「細川千句」）を主催した。

窓梅

春といへどまだ咲きわびぬ梅の花
　学ぶる窓の月や寒けき

（細川右京《うきようの》大夫《だいぶ》自《じ》歌合《かあわせ》）

【通釈】

春になったとはいうけれどまだ咲いていない梅の木のある窓辺で、書を繙けば、その窓から射し込んでくる月の光は寒くないであろうか。

【鑑賞】

「窓梅」の歌題は「窓前梅」（為忠初度百首）、「窓下梅」（太皇太后宮小侍従集《たいこうたいごうぐうこじじゅう》）などとほぼ同義であろうが、「窓梅」とだけの題は中世初めの『寂身法師集《じゃくしん》』に見えるのが早い。ただし、『和漢朗詠集』所収の藤原篤茂の詩句、

池の凍《こほり》の東頭は風度《わた》つて解く、窓の梅の北面は雪封《ふう》じて寒し（立春）

に詠まれている言葉で、「寒さ」との組み合わせからも、掲出歌はこの詩句の影響を考えるべきであろう。

「春といへど」は、春になってもいまだそれらしい気配の感じられないことをいうが、

春といへど山隠れなる鶯はまほにぞ声も聞こえざりける（堀河中納言家歌合・作者未詳）

などが歌例として見えるものの古歌には少ない。また、「咲きわぶ」も古歌には少なく、

咲きわびて春に遅るる遅桜また珍しき花の色かな（他阿《たあ》上人集）

は稀な例である。稀であるのは、「咲きわびぬ」の「わぶ」は、ある行為をなかなかしきれない、の意で、元来、意志のあるものに使う言葉であるためであろうか。

「学ぶる窓」の「学ぶる」は下二段に活用しているが、このような活用は漢文訓読で多く用いられたもので、これも和歌では少なく、「学ぶる窓」そのものは久我通相《こがみちすけ》の

かかげても我が身に暗き光かな学ぶる窓の夜半《よは》の灯火

など、『延文百首《えんぶん》』に二首見える程度である。ただし、「学ぶ」と「窓」を取り合わせて詠むことは特に南北朝以後に多くなった。その点からは、掲出歌は当時の流行に沿ったものと言える。この取り合わせは、宗尊《むねたか》親王の

世を厭ふ窓に蛍を集めてや学ぶる法《のり》の光をも見ん（竹風抄）

の歌からも推察できるように、『蒙求《もうぎゆう》』「孫康映雪《そんこうえいせつ》　車胤聚蛍《しやいんしゆうけい》」などに見える、雪や蛍で明かりを取り書を読んだという故事、いわゆる「蛍雪《けいせつ》の功」を想起させる表現で、掲出歌に対する判詞として、判者、三条西実隆《さねたか》もその故事を踏まえていることを指摘している。

それを考慮に入れると、ここでの月光は「雪」の代わりとしての明かりということなのであろうが、しかし、雪でなくとも寒いことは寒いであろうというのである。

「窓の月」を寒いと詠んだ歌例は少ないものの西園寺実兼《さねかね》の

風すさむ霜夜の竹の臥しどころあらはに寒き窓の月影（嘉元《かげん》百首）

などに見られる。

また、「梅」は、晋の武帝が学問に励んでいる時は花開き、怠っている時には萎んだということから、好文木《こうぶんぼく》と呼ばれ、学問の神、菅原道真と結び付けられている。「まだ咲きわびぬ梅の花」は、まだ学問への取り組みが足りない、ということを暗示しているのであろう。

―

掲出歌は当自歌合で、「軒梅」と題された、

軒端よりひと花落つる春風の匂ひもさぞな梅のよそほひ

と組まれており、実隆は「含章簷下《がんしやうえんか》のよそほひは勝るべし」と、こちらの方を勝ちにしている。「含章」は中国漢代の宮殿、「簷」は軒の意。掲出歌が負けとされた理由は判然としないが、相手方の勝ちの理由は、実隆が「簷下のよそほひ」と述べていることから、歌題「軒梅」に沿った点が評価されたと見られる。掲出歌は「窓梅」の題から外れている趣きがあり、そのことが欠点とされた可能性があろう。

実隆の判断はともかく、春とはいうもののまだ梅も咲いていない寒い時期に月の光のもとで学問に勤しむ、というこの歌は、番えられた歌とともに実隆が「唐の古事なる」と評しているように、漢詩文の風情があり、とりたてて新しさはないものの、清澄な気配の漂う歌になっている。

朝雪

降り出でし雪は夜の間に積もり果て
空も静かに残る有明

(細川右京大夫自歌合)

【通釈】

降り出した雪は夜の間に積もって止んだ。静かになった空には夜明けまで残っている月が掛かっていることだ。

【鑑賞】

「雪朝」というように「朝」を主にした歌題は古くから多く見えるが、掲出歌の歌題である「朝雪」の方は、藤原良経《よしつね》の『秋篠月清集《あきしのげっせい》』に「山家朝雪」とあるのが早く、以後中世に多くなる題である。「朝雪」のみの例は順徳院の『紫禁集《しきん》』に見える。

「降り出でし雪」は、昨晩、降り出した雪が、ということで、その「雪」は夜の間に「積もり果て」たというのである。「果つ」はすっかりそうなったという意で、夜明けには既に降り止んでいたことを表す。「夜の間」に雪が積もることを詠んだ歌には、

いかばかり夜の間の雪の積もるらん三輪の繁山《しげやま》かざしをるなり（洞院《とういん》摂政家百首・藤原基家）

などがあり、「積もり果つ」という表現の例には、

高砂の尾上《をのへ》の鹿の鳴かぬ日も積もり果てぬる松の白雪（壬二《みに》集・藤原家隆《いえたか》）

などがある。

「空も静かに」というのはそれまで雪を降らしていた空も穏やかになった、ということであろうが、「静かに」は「有明」の月のさまをも言うか。

雪を降らせていた雲もなくなり、空にまだ残っていた有明の月が見えるようになった、というのであり、辺りがしんと静まりかえった雪景色を「有明」の月が白く照らし出しているのである。雪の降り積もった静かな朝を詠んだ歌例に、

しきたへのとこの浦風静まりて夜の間に積もる雪の朝明け（内裏九十番歌合・脩久《しゅうきゅう》）

があるが、掲出歌は「有明」の月を取り合わせたところが相違している。このように「有明の月」と「雪」を取り合わす場合は両者が見紛うばかりであると詠むのが、『古今集』の坂上是則《さかのうえのこれのり》の

あさぼらけ有明の月と見るまでに吉野の里に降れる白雪（冬）

以来の伝統であって、掲出歌もこのことを踏まえながら、「雪」と「有明」の月とを表出したと思われる。ただし、ここではどちらも見立てられたものでないことは注意すべきであろう。

当自歌合において、この歌は、「時雨」を題にした

夕づく日さすがに色ぞ変はりける時雨に立てる片岡の松

と組み合わされて、「夜の雪積もり果てて、晨《あした》の月、空静かなる景気、感情浅《かんせい》からず」と評されているが、一方の「夕づく日」の歌は「古今集の余風、なほ見どころあり」とされ、結局、掲出歌は負けとなっている。「夕づく日」の歌は、

白露も時雨もいたく洩《も》る山は下葉残らず色づきにけり（秋下・紀貫之）

のような『古今集』歌で詠まれた「時雨」の本意が率直に詠まれているということであろうか。それに対して、「朝雪」の題で詠まれた掲出歌は「有明」の月に焦点があるかに見え、前引の『古今集』是則の歌があくまでも朝の雪を詠むのに対しても、題意から外れている感がある。

ただし、かすかになりつつある月光に照らされた夜明けの雪景色の澄み切った静寂感には捨てがたいものがあると思われる。

（廣木）

十市遠忠

とおちとおただ

【プロフィール】

明応六年（一四九七）～天文一四年（一五四五）、四九歳。武将歌人。そもそも十市氏は大和十市平城を本拠とする一族で、竜王山城を築くなど、遠忠の時に勢力を伸ばしている。遠忠自身大名になることを願ったが、果たせなかった。玄誉・徳大寺実淳らに和歌を学び、享禄（一五二八～三二）から天文（一五三二～五五）頃にかけて富小路資直・三条西実隆・公条らの添削指導を受け、多くの自歌合が残っている。連歌も作った。『李花集』『清輔集』など歌書類も書写した。

尋花

咲く花をそこと教へて尋ね行く
まぼろしもがな春の山ぶみ

（十市遠忠五十番自歌合）

【通釈】

花が咲いているところはそこですよと教えて探しに行ってくれる幻術師がいて欲しいものだなあ、春の山歩きには。

【鑑賞】

『源氏物語』桐壺の巻に、

たづね行くまぼろしもがなつてにても魂《たま》のありかをそこと知るべく

という桐壺帝の歌があり、この歌もそれを本歌取りして成り立っている。

「まぼろし」は幻術師の意である。

「山ぶみ」は、山歩きのこと。『後撰集』雑一・七条の后歌の詞書に、

法皇はじめて御ぐしおろし給ひて山ぶみし給ふあひだ、（下略）

との用例がある。

自歌合の判者富小路資直《とみのこうじすけなお》の判詞には、

源氏物語の歌の詞、此花のありかにおもひよそへられぬる。尤《もっとも》幽玄候。（中略）**右、まことにいかなる幻術もあらまほしく、方士の功労こひねがはれたるこゝろさも侍らむ。**

とあり、

柳

春風に岸の柳も水鳥のあしのいとなくなびくかげ哉

という左歌に対して、掲出歌を勝ちとしている。

資直の判に「おもひよそへられぬる」とあるように、桜の花の咲いている場所を探すことに、花のように美しい桐壺更衣の魂を探しに行くことを重ね合わせた歌である。どんな幻術を用いてでも、すばらしい花のありかを尋ね当てたいという切なる願いがこめられている。

ほぼ同時代を生き、遠忠が和歌の指導も仰いだ三条西実隆《さんじょうにしさねたか》にも、「尋花」という題の、

世にしらぬ花も見ゆやと雲井行くまぼろしもがな春の山ぶみ（雪玉集《せつぎょくしゅう》）

と、同じ本歌取りで「春の山ぶみ」という語も共通していて下句がまるごと一致する歌があるが、掲出歌は上句が印象的ですぐれていると思う。おそらく、遠忠がどこかでこの実隆歌を覚えていて影響されたのだろう。

春日法楽卅一首中、湊千鳥

能登の海や夕潮たかく寄る舟の
湊をかけて立つ千鳥かな

（十市遠忠百首）

【通釈】

能登の海では、夕潮が高く打ち寄せて来るとともに湊に寄ろうとする船のように、千鳥が湊へと向かって飛び立って行くことよ。

【鑑賞】

「能登の海」が和歌に詠まれることは珍しく、『万葉集』に、

能登の海に釣するあまの漁火の光にいゆけ月待ちがてり（巻一二・作者未詳）

など証歌はあるものの、極めて少ないと言ってよいだろう。『歌枕名寄』にも「能登海」は立項されて

いるが、この万葉歌が証歌として掲げられている。そのような和歌に馴染みの薄い北陸の海を詠むことで、寂然とした光景を描き出そうとしたところに作者の狙いがあったのではないか。

千鳥も船と同じ方向、つまり海から湊へと飛来する。その鳴き声は寒々とした悲しさを喚起する。

思ひかね妹がり行けば冬の夜の河風寒み千鳥鳴くなり（拾遺集・冬・紀貫之）

淡路島かよふ千鳥の鳴く声に幾夜寝覚めぬ須磨の関守（金葉集・冬・源兼昌）

掲出歌にも、それは投影されている。いわば、能登と千鳥が映発しつつ、寒々としたイメージを紡ぎ出していると見てよい。

歌題「湊千鳥」は、室町時代になってから盛んに詠まれるようになったもので、ここでも同時代の影響がある。

「寄る」には「夕潮」が寄ると「舟」が寄るとが掛けられており、「湊をかけて」は「舟」と「千鳥」の二つの動きを表している。すなわち、潮と船と千鳥の三者の動きが重なり合いながら一点に集まって来るさまが躍動的に表現されているのである。

「湊をかけて」には、

雲払ふなごの入江の潮風に湊をかけてすめる月影（新後撰集・秋下・源具房）

との先行例があり、この歌は『題林愚抄』『歌枕名寄』などにも収められている。

なお、詞書にある「春日」は春日大社。十市氏は大和の豪族で、もとは春日社の被官であった。

三輪法楽五十首中、暁起きを

おなじくは法《のり》のためともつとめばや
　暁起きを武士の道

（十市遠忠百首）

【通釈】

同じことなら仏道修行のために励みたいものだ、武士の道としての暁起きなのだが。

【鑑賞】

武士として暁起きをしている我が身であるけれども、おなじ早起きをするならむしろ仏道修行のためでありたいという、仏教への憧れや劣等感を表明したもの。武家でありながら抱く葛藤を「暁起きを武士の道」と名詞を連ねつつ言い切ったところに、妙味がある。もっとも、葛藤という言い方は重すぎるかもしれず、仏道に背を向けて武士として生きることへの軽い自嘲程度と見るべきなのかもしれない。

「暁起き」は、暁の頃に起きること。また、起きて勤行すること。たとえば『後撰集』に、

置く霜の暁起きを思はずは君がよどのに夜がれせましや（恋五・読人不知）

との詠があるのは後朝の別れについて、また『新古今集』に、

しきみ摘む山路の露にぬれにけり暁おきの墨染の袖（雑中・小侍従）

とあるのは、仏道修行についてのもの。遠忠は後者の意味を意識して、この語を用いている。

「武士の道」とは武士としてなすべきこと全般について言ったものであろう。この表現は和歌では極めて珍しく、その点でも武家らしい一首と言うことができる。あるいは武士が力を発揮した時代らしい表現と言ってもよいだろう。

なお、詞書にある「三輪」は、大和三輪大神社のこと。十市一族とどのように関わりがあったかは未詳だが、なんらかのつながりがあったのかもしれない。

述懐

和歌の浦の鶴にまじはる鴨の足の
短き心述ぶる言の葉

（十市遠忠百五十番自歌合）

【通釈】

和歌の浦で鶴の群れのなかに混じっている鴨の足が短いように、至らない心を述べる言の葉であることだ。

【鑑賞】

「和歌の浦」は、

若の浦に潮満ちくれば潟をなみ葦辺をさして鶴鳴き渡る（万葉集・巻六・山部赤人）

の例によって、鶴の名所としてよく知られている。

「短き心」とは、至らない心との意。

（上略）玉の緒の短き心思ひあへず（下略）（古今集・雑躰・紀貫之）

という歌句を取ったのであろう。

「言の葉」とは自らの和歌の謙辞。

そして、掲出歌の眼目はなんといっても、「鴨の足」である。鶴の群れの中にあるそれを「短き心」の序詞のようにして用いた点はなかなか面白い。ここでは、

鳧《かも》の脛《はぎ》は短しといへどもこれを続げば則ち憂ふ、鶴の脛は長しといへどもこれを断てば即ち悲しむ（荘子・駢拇《べんぼ》）

が踏まえられている（心敬『ささめごと』には「鴨の脚は短かけれども継げばうれふるなり、鶴の足は長けれども切ればいたむといふ」とある）。ただし、『荘子』の言には、それぞれの分に応じた生き方を受け入れるべきだという思想が認められるが、逆に掲出歌では卑下の気持ちがはっきりと感じられる。「和歌の浦」は和歌の神のいるところで、そこに群れている「鶴」はすぐれた歌人の群れに等しい。しかし、自分はそのなかで一羽いる「鴨」のようなものであり、ここには本当はふさわしくないという気持ちがこめられているのである。

この歌合には判詞が付されていて、富小路資直のものとされているが、そこでは「頗る異風と謂ふべきか」として、

深き山遠き浦廻に出る身も名をとげてこそ世は逃れけめ

の左歌が勝とされている。当時でもやはり許容しがたい異風と見なされたわけである。しかし、鴨の足はなかなかユーモラスな感じで、捨て難い趣があるように思われる。ちなみに、「鴨の足」には、

短夜なれば祈り明かしつ

我が頼む社の御名の鴨の足（菟玖波《つくば》集・藤原家躬）

寝《ぬ》る鴨のあしのいとなきうす氷さのみやくだく心ひとつを（宗良親王千首）

冬の日は入江立ちゆく鴨の足の空に短く暮るる比かな（草根集《そうこんしゅう》・正徹《しょうてつ》）

などの例があり、室町時代に好まれたことばなのかもしれない（特に正徹に多い）。

家躬の連歌は、『ささめごと』には、藤原家隆の作として引用されているが、このように異風の歌が成立していく背景には、この時代の連歌が和歌の規範を崩していくという歴史的な状況も想定しておいてよいだろう。

（鈴木）

［付記］　初出誌、『文学』三巻五号、二〇〇二年九月。

北畠国永

【プロフィール】　きたばたけくになが

永正四年（一五〇七。一説、同五年）〜没年未詳（天正一二年〈一五八四〉に七八歳で生存）。法号、桂祐。伊勢国司の一族、北畠親治男。永禄一〇年（一五六七。一説、同九年）出家。家集、『年代和歌抄』。

天文十五正月一日、春たつのうた

春立つといへば霞むや玉手箱
ふたみの浦の明けがたの空

（年代和歌抄）

【通釈】

春が立つというので、霞がかかっているのだろうか。煙が立ち昇る玉手箱の蓋ならぬ二見の浦の夜明け方の空に。

【鑑賞】

天文一五年は一五四六年、国永四〇歳。

「ふた」に「蓋」と「二見」、「明け」に「開け」が掛けられ、「蓋」「開け」が縁語になる。玉手箱の「蓋」を「開け」ると「煙が立つ」ことと、「二見の浦」に春が到来した「明け」方の空に「霞がかかっている」ことが重ね合わされている。

「玉手箱」は浦島伝説ゆかりの品。お伽草子「浦嶋太郎」をはじめ多くの文芸で取り上げられている。「二見の浦」は、伊勢国の歌枕。貝の名所。伊勢国司の一族である国永にとっても親しみのある光景である。

「玉手箱」と「二見の浦」が組み合わされている先蹤は二首。いずれも南北朝期に由阿《ゆうあ》が撰んだ『六華和歌集』に見られる。一首は、一一世紀の歌人大中臣輔弘《すけひろ》の、

玉手箱二見の浦の貝しげみ蒔絵に似たる松の村だち（六華和歌集）

である。「玉手箱」「蓋」「貝」「蒔絵」という、浦島伝説とその箱をめぐる美意識が一首を覆って、二見の浦の光景に趣を与えている。もっとも、この歌は、『金葉集』雑上では、

たまくしげ二見の浦の貝しげみ蒔絵にみゆる松の村だち

と、初句が「玉手箱」ではなく「たまくしげ」となっている。意味は「玉手箱」と同じであろうが。

もう一首は西行の作として、

玉手箱二見の浦にすむあまのわたらひ草はみるめなりけり（六華和歌集）

という詠が載る。「ふた」「み」が掛詞となって、「玉手箱」「蓋」「身」という浦島伝説の文脈と二見が浦の海松布《みるめ》（海藻）という海岸風景の文脈が重ね合わせられている。ただし、これも『夫木抄』に初句「たまくしげ」の異同以外は同じ歌形の作が見出せる。

「二見の浦」ではなく、「二見の里」であれば、国永より少し前の時代の正広《しょうこう》に、

玉手箱あけては誰を送らまし二見の里に衣うつこゑ（松下集）

がある。

掲出歌に戻って考えてみると、この歌が浦島伝説を踏まえていることは明確で、伝説のイメージを付与させつつ、春霞がゆったりとたなびく光景を大らかに描いたという点で、秀歌としての評価が与えられてよいと思う。

なお、『新撰菟玖波集《つくば》』には、

春にあけよと年もおしまず

玉手箱ふたたび老はかへらめや　**道空法師**

という付合が載る。春が明けることと玉手箱を開けることが掛けられて、春景色と浦島伝説が重ねられているという点で、掲出歌と趣を同じくする。この時代の和歌は、連歌と近しい関係にあった。

天正十一年正月一日、春たつといふ事を

神代より天の香具山かくぞとは
知らせてや立つ春も霞も

（年代和歌抄）

【通釈】

神様の時代から天の香具山もこのようであると、人々に知らせるかのように、春も霞も立つのだろうか。

【鑑賞】

国永、七七歳の時の歌。

天の香具山は、耳成・畝傍とともに大和三山の一つ。『万葉集』巻一〇の巻頭、

ひさかたの天の香具山このゆふへ霞たなびく春立つらしも

という人麻呂歌集の歌は、天の香具山にたなびく立春の霞を詠んでおり、掲出歌も当然この歌を意識していよう。この人麻呂歌集歌と、中大兄皇子の作とされる大和三山の妻争いの歌などが念頭にあって、「神代より」ということばが出てきたのだと考えられる。「神代より」は、この場合立春を寿ぐために用いられていることは言うまでもない。用例は数多いが、たとえば『後拾遺集』雑五に、

神代よりすれる衣といひながら又かさねてもめづらしきかな（選子内親王）

とある。

また、『新古今集』春上の巻頭歌の次に置かれる、

ほのぼのと春こそ空にきにけらし天の香具山かすみたなびく

という後鳥羽院の歌も意識されていたと思われる。後鳥羽院の歌自体、人麻呂歌集の前掲歌を踏まえているわけだが、『万葉集』のみならず『新古今集』でも重要な位置に〈立春―春霞―天の香具山〉の歌が配されていることによって、天の香具山の春景色のすばらしさはいっそう強く国永の心に刻みこまれていたにちがいない。

「かくぞ」「知らせてや立つ」といったことばを中心として、神代から変わらぬ姿であることを人々に知らせるため春が立つのだと理屈を説く点も特徴的。しかし、「かく」のくり返しもリズミカルで、理が姿を押し崩すことなく、整った一首であると思う。（鈴木）

北条氏康

【プロフィール】　ほうじょううじやす

永正一二年（一五一五）～元亀二年（一五七一）、五七歳。小田原城を居城とし、相模国を支配した戦国大名。後北条氏の三代目で、早雲の孫。後北条氏全盛期の基盤を築いた。和歌を好み、その影響下で小田原には歌壇が形成された。詠歌として「詠十五首和歌」が残されている。

閑居

なかなかに清めぬ庭は塵もなし
風にまかする峰の下庵

（詠十五首和歌）

【通釈】

掃除をしないでおいたが、それでもかえって庭には塵すらない。そのように庭を風の吹くに任せている峰の下にある庵であることだ。

【鑑賞】

「閑居」の題は、「雨中閑居」などという結題《むすびだい》での出現は、早く藤原顕季《あきすえ》の『六条修理大夫集《しゆりだいぶ》』に見えるが、前書きに「閑居」とあってもそれは歌題としてではなく、そのような住まいでの歌、といった意味合いで多く用いられてきた。能因《のういん》の「美州に閑居五首」や藤原定家の「閑居百首」なども後者の例である。また、『和漢朗詠集』下巻には「閑居」の部があるがこれも題として使われたものではない。このような経緯の中で「閑居」を歌題とした『御室《おむろ》五十首』（一一九九年成）は珍しい例と言えようか。

「なかなかに清めぬ」は、掃除をしないがかえって、の意で、中途半端に人が手を加えず風に任せておいた方が庭が清浄になる、というのである。源公忠《きんただ》の

延喜《えんぎ》御時、南殿《なでん》に散り積みて侍りける花を見て
殿守《とのもり》の伴《とも》の御奴《みやつこ》心あらばこの春ばかり朝清《ぎよ》めすな（拾遺集・雑春）

を踏まえた歌で、公忠の歌が一面に散り積もる花を賞翫するのに対して、掲出歌は風によってすべてが吹き払われて何もない庭を詠む。それによって、「南殿」でなく「閑居」であることをおのずと示すのであろう。

「塵もなし」は、文字通り庭がきれいに掃き清められている状態をいうが、

おのづから心に残る塵もなし清き流れの山川の水（続千載集・釈教・二条為氏）

などの歌例のように、心に俗塵のないことをも含意するのではなかろうか。

「凪にまかす」は『古今集』の

紅葉葉《もみぢば》を凪にまかせて見るよりもはかなき物は命なりけり（哀傷・大江千里《ちさと》）

以来の歌語で、この歌のように紅葉、または花などと結ばれて使われてきた語句である。しかし、掲出歌ではそのような花なども無い、つまり、「塵も」とは、「塵」もないが「凪にまかす」ような花も紅葉もないということであろうか。そうであればこれも「閑居」に相応しい状況である。

「峰の下庵」の歌例は管見に入らない。それに対し「山の下庵」の言い方は多く、同じことなのであろうが、「峰」の方が急峻な山の趣が感じられ、「閑居」を強調するとも言えよう。

歌に詠まれた主は、そのような「閑居」で、ことさら俗生活のように手まめに掃除などせず、自然のままにまかせているとおのずと庭も清められる、という日々を送っているというのである。「閑居」に相応しい生活を古歌を踏まえながら思案して作り上げた感のある歌で、ぎこちなさもあるが、戦国武将の歌として仕方がないとも言えようか。

氏康の祖父早雲《そううん》は「北条早雲二十一箇条」という家訓を書き残しているが、その中に、

歌道なき人は、無手《むて》に賤しき事なり。学ぶべし。常の出言に慎みあるべし。一言にて人の胸中知らるるものなり

という一箇条がある。歌道を学ぶことによって、自分の日頃の言葉遣いが慎み深くなり、片言でも相手

の真意がつかめるようになる、という教えである。詠歌がこのような点からの教養であるとすれば、氏康は掲出歌でその教養を十分に示している。

（廣木）

武田信玄

たけだしんげん

【プロフィール】

大永元年（一五二一）～天正元年（一五七三）、五三歳。甲斐の戦国大名。名は晴信。冷泉為和に学ぶ。自邸で歌会や連歌会を催し、歌道に執心した。家集に『武田晴信朝臣百首和歌』がある。

苗代

山河をまかせてみれば春来ぬと
苗代小田《をだ》に蛙《かはづ》鳴くなり

（武田晴信朝臣《はるのぶあそん》百首和歌）

【通釈】

山を流れる川の水を、苗代にする小田に引き入れてみると、その田で春が来たと蛙が鳴いたことだ。

【鑑賞】

「苗代」の歌題は『堀河百首』に見える。また、「苗代」に鳴く「蛙」という題も慈円《じえん》の『拾玉集《しゅうぎょくしゅう》』に「蛙鳴苗代」と見え、中世を通して詠まれ続けてきた題材である。

「まかす」は田や池などに川から水を引き入れる意で、田に水をまかすと蛙が喜ぶとする歌も、

真菅《ますげ》生ふる山田に水をまかすれば嬉し顔にも鳴く蛙かな（山家集・西行）

などと詠まれている。何ものかが「春来ぬ」と告げる、ということも、

春来ぬと人は言へども鶯の鳴かぬ限りはあらじとぞ思ふ（古今集・春上・壬生忠岑《みぶのただみね》）

以来詠まれ、「蛙鳴くなり」という語句も、

沢水に蛙鳴くなり山吹の移ろふ影や底に見ゆらん（拾遺集・春・読人不知）

以来、多く詠まれてきた。

このように確認してくると、この歌は伝統的な和歌の作られ方を出ておらず、春の到来を喜ぶという蛙の本意をそのまま詠んだとも言える。都から離れた地の戦国武将であった信玄の都振りへのあこがれ、勉強の程は認められると言っておけばよいのかも知れない。

ただ、「春来ぬ」と鳴くものは、

春来ぬと今ぞ鳴くなる待たれ来し巣立ちの小野の鶯の声（百首歌合〈建長八年〉・前摂政家民部卿）

などと詠まれているように、鶯とされることが多く、それを「蛙」としたところには作者の工夫がある。

また、すべてを古典和歌の通念によっていながら、専門歌人のような技巧を凝らさず、「まかせてみれば」「春来ぬと」「蛙鳴くなり」と率直に詠み通したおおらかさには好感が持てる。

「苗代小田」は山間の田で、そこへ清冽な川水を引くのであるが、それは他の田に先駆けてのことである。小さい田であろうがそれはともかく、田に流れ込んでくる水の中で、春の訪れを身体全体で感じ取って喜ぶ蛙の感激が伝わってくるようである。

述懐《しゆつくわい》

いくとせか我が身一つの秋を経て
友あらばこそ月は見てまし
（武田晴信朝臣百首和歌）

【通釈】

何年になろうか、知り合いもなく私は一人きりで寂しい秋を過ごしてきた。私に友がいたならばこのような秋には共に月を見て、心を慰めることができるのに。

【鑑賞】

「我が身一つの秋」は、

月見れば千々《ちぢ》にものこそ悲しけれ我が身一つの秋にはあらねど（古今集・秋上・大江千里《ちさと》）

と詠まれて以来、多くの歌に影響を与えてきた。掲出歌もこの歌を踏まえたものであるが、千里の歌が月によって悲しみを募らせるのに対して、ここでは「月」を心の慰めとしたいとしている。「友あらば」とは、いままでずっと友がいなかったというのではなく、かつていた「友」が先に亡くなってしまったことからの謂いであろう。「まし」は実際とは違うことを想定する意を表す仮実仮想の助動詞で、友がもしいたならば月を見るであろう、つまり、我が身は老い、友が皆先だってしまってから何年も経った、友が生きていたならば共に月を見るであろうのに、というのである。

友と共に月を見たいと思うことは、『蒙求《もうぎゅう》』に記された「子猷尋戴《しゆうじんたい》」に、

嘗《かつ》て山陰に居りしとき、夜雪初めて霽《は》れ、月色晴朗、四望皓然《かうぜん》、独り酒を酌み左思《さし》の招隠《せういん》の詩を詠じ、忽ち戴逵《たいき》を憶《おも》ふ。

として、戴逵を訪ねて行ったという逸話に、また、月を見て遠くの友を思うことは、白居易《はくきょい》の詩句、

三五夜中新月の色　二千里外《ほか》故人の心（和漢朗詠集・十五夜）

琴詩酒《きんししゅ》の友は皆我を抛《なげう》つ　雪月花の時最も君を憶《おも》ふ（和漢朗詠集・交友）

などに見られ、多くの和歌がこれらから影響を受けてきた。掲出歌もその系譜にあると言える。その中で友の死後に友を思いつつ月を見るとする歌に、慈円《じえん》の

思ひ出づる都の友の亡きぞ憂き月を待つ風一人眺めて（正治《しょうじ》初度《しょど》百首）

があり、掲出歌もこのような心境を詠んだ歌と理解してよいと思われる。

「述懐」の題意で詠まれた歌であることもそのことを示しており、「月」の賞翫などではなく、この世

に生きながらえることのつらさを詠むことが主であると見てよい。「こそ」は仮定条件句を強調して文を終止させる助詞で、友がいたならば月を見るであろうが、いないので月を見ることもない、つまり、月を見ても仕方がない、心慰められない、というのである。題詠ではあるが、ここに一代の武将の孤独感が見られるとすれば興味深い。

（廣木）

豊臣秀吉

【プロフィール】　とよとみひでよし

天文六年（一五三七）～慶長三年（一五九八）、六二歳。豊臣政権の主権者、関白。初め木下藤吉郎、のち羽柴秀吉。織田信長に仕官して次第に出世し、数多くの戦いで功績を挙げ、本能寺の変後に直ちに明智光秀を討った。そののち全国を統一した。太閤検地・刀狩り・キリシタン弾圧などによって幕藩体制の基盤を作った。

露と落ち露と消えにし我が身かな
なにはの事も夢のまた夢

（木下子爵家蔵文書）

【通釈】

露のようにはかない存在として死んで行く我が身であることだ。この世は万事、夢のさらに夢のようなものなのである。

【鑑賞】

川田順『戦国時代和歌集』（甲鳥書林、一九四三年）に「木下子爵家蔵文書」として掲げられている本文に拠った。

「露と落ち」は、はかなく葉から落ちの意で、「消ゆ」と同意であろう。

「なには」とは、あれやこれやのこと、万事といった意味で、

われればかり長柄《ながら》の橋はくちにけりなにはのこともふるるかなしな（後拾遺集・雑四・赤染衛門）

のように「難波」と掛詞になって用いられる。大坂城を築いた秀吉にふさわしい表現なのである。天正一八年（一五九〇）の淀君宛ての秀吉書翰にも「何はにつけて油断あるまじく候」とある。

「なには」と「夢」との組み合わせという点では、『新古今集』冬の部に収められている、

津の国の難波の春は夢なれや蘆のかれ葉に風わたるなり

という西行歌が参考歌として指摘できよう。眼前の冬景色に対して春を夢まぼろしと思う気持ちと、人生を振り返って夢のような時間だったと観じる気持ちには、つながりが認められる。

通例、慶長三年（一五九八）に没した秀吉の辞世歌として知られている。江戸期の随筆類では大田南畝の『一話一言』が塙保己一の説として辞世としており、林確軒『立路随筆』も辞世とする。天野信景『塩尻』は聚楽第落慶の際に詠まれたものを辞世として改めて書したとする。

死に行く秀吉の無念とその後の豊臣家の悲劇的な運命というような〈物語〉が一首にまとわりついたため人口に膾炙したのだろうが、そうでなくてもこの歌はなかなかいい歌であると思う。「露」「夢」の繰り返しがくどくなく、むしろリズミカルで、「我が身」が「露」のようにも「夢」のようにも思われるというふうに前後に掛かって行ってバランスもいい。切なくもあり、おおどかでもある。辞世の中でも一級品であると思う。

他者の作である可能性もあるのかもしれないが、秀吉自身の詠としておきたい。彼は和歌好きでもあったから、全く無関係に成立したとは思われないのである。

月に散る砌《みぎり》の庭の初雪を
ながめしままに更《ふ》くる夜半かな

（衆妙集《しゅうみょうしゅう》）

【通釈】

月の光が照らすなか庭に降る初雪を眺めている内に、夜が更けてしまったことだ。

【鑑賞】

『衆妙集』冬部に収められている細川幽斎《ほそかわゆうさい》との贈答歌の内の贈歌である。詞書には、

十一月十九日暁、初雪ふり侍りしに太閤より山崎長松を御つかひにて、夜をこめて一首をおくりくだされ侍りし

とある。また、幽斎の返歌は、

月に散る花とや見まし吹く風もをさまる庭の初雪の空

というものである。

秀吉の「月に散る」は圧縮された表現であり、また、上の句全体としてはなんとなく間延びしている。「月に散る」と「初雪」の間に「砌の庭の」が入っているのが間延びした印象を与えるのだろう。「砌」も庭の意。「玉の砌」と用いられることから、美称の意がこめられているか。

雲間から月が照らし、かつ雪が降っているのだろうか。月光の照らすなか雪も降る光景はちょっと想像しにくい。雪が降った後、庭に散り敷かれているそれを月光の照らされているなかで眺めているとも考えられるが、「月に散る」という表現はやはり眼前に雪が降っていると見るべきかとも思われる。ダイヤモンドダストのように、きらきら輝く細雪の感じもあって幻想的。

幽斎は秀吉の「月に散る」に続けて「花」と詠んで返しているが、「月に散る雪」とお詠みですが、雪ではおかしいですから、本当はそれは花なのではありませんかという機知的な切り返しなのかもしれない。幽斎の歌は、
月光の照らすなか散っていく桜の花びらではないかと思われます、吹いていた風も収まって空から庭に降ってきた初雪は。

との意。

とは言いながら、「月に散る」は印象的で、そのような表現をする秀吉には詩心と呼べるものがあるように感じられてならない。

（鈴木）

Ⅲ　その他

正広

【プロフィール】　しょうこう

応永一九年（一四一二）～明応二年（一四九三）、八二歳。歌人。正徹に学び、その没後、師の招月庵、備中小田庄を継ぐ。師、正徹の歌を集めた『草根集』を編纂した。歌道家、室町将軍家などとの交流もあり、当時の代表的地下歌人として名を成した。また、大内氏の招きで山口へ下向するなど、多くの地方大名の間を渡り歩き、地方文化の形成にも役割を果たした。家集に『松下集』など、紀行文に『正広日記』がある。

野花留人

道の辺の朽木《くちき》の桜しばしとて
　昔を語る袖の春風

（松下集《しょうかしゅう》）

【通釈】

道の辺の朽木の桜が、昔を語ろうとしばしの間ということで私の足を留めた。すると昔のことを伝えるかのごとく春風が袖に吹いてきたことだ。

【鑑賞】

「野花留人」は『藤川百首』に見える題で、この題で藤原定家は、

たまきはる憂き世忘れて桜花散らずは千世も野辺の諸人《もろびと》

と詠んでいる。この定家の歌は満開の桜が足を留めさせることを詠んだものだが、掲出歌はその桜を人の関心を引かなくなった「朽木の桜」とし、昔を語りたいがために足を留めさせたとしたところに工夫がある。「しばしとて」の語句の使用例は和歌に多い。足を留めることと結んで詠まれた歌には、西行の

道の辺に清水流るる柳陰しばしとてこそ立ちとまりつれ（新古今集・夏）

がある。掲出歌は「道の辺」の語句も共通することから、この著名な西行歌を意識して作られたものであろう。ただし、話をするために足を留めさせる、と直接詠んだ歌は少ない。

しばしとて語らひ留めば時鳥帰《かへ》さの道は急がざらまし（新三井集・夏・二条為氏）

はその少ない歌例の一つである。

「昔を語る」の主体は不明確である。語りたいのは「朽木の桜」であり、実際にその言葉を伝えてくるのは袖を吹く春風、ということであろうか。後鳥羽院の

里は荒れぬ志賀の桜の木のもとに昔語りの春風ぞ吹く（後鳥羽院御集）

に状況は近い。

「桜」が「昔」から、ある場所に長く存在するという観念は、紀貫之に、

あだなれど桜のみこそ古里の昔ながらのものにはありけれ（拾遺集・春）

と詠まれているなど一般的なことであった。この歌を踏まえ、『平家物語』に取り入れられて著名になった平忠度《ただのり》の歌、

さざ波や志賀の都は荒れにしを昔ながらの山桜かな（千載集・春上）

も同様の観念によるものである。ただし、掲出歌はこのような「昔ながらの」「桜」自体が「朽木」になってしまったのであり、みずからが盛りであった昔を懐かしむのであろう。源実朝の

いにしへの朽木の桜春ごとにあはれ昔と思ふかひなし（金槐《きんかい》集）

は類似の事情を語っている。

掲出歌は以上のような「桜」を廻る伝統的な観念を踏まえつつ、菅原道真の

道の辺の朽木の柳春来ればあはれ昔と偲《しの》ばれぞする（新古今集・雑上）

を歌の骨組みとして取り込んで作られたものと思われる。専門歌人らしい細かな工夫のなされた歌と言えるが、完成した歌の姿はなだらかでそのような技巧を感じさせない。春のうららかな野辺で春風に袖を翻されながら見る、幻影としての盛りの春が、淡い懐古の情と共に描かれていると言えよう。

河蛍

来《こ》ぬ秋の星合《ほしあひ》見れば行く蛍
交野《かたの》に越ゆる天の川波

（松下集）

【通釈】

立秋の前に七夕になったが、その夜、牽牛織女の出会いを見ていると、星かと見紛う蛍が、交野を越えて流れる天の川の川波の辺りを飛び去って行ったことだ。

【鑑賞】

「河蛍」の歌題は一三世紀中頃成立の『雲葉集《うんようしゅう》』所収の実伊《じつい》の歌に見えるのが早い。「川」と「蛍」が結びつくのは当然のことであるが、この「川」を空の「天の川」とし、星を「蛍」とみなすことは、在原業平の

晴るる夜の星か川辺の蛍かも我が住む方の海士《あま》の焚く火か　（伊勢物語・八七段、新古今集・雑中にも）

を踏まえつつ、

雲井《くもゐ》にてすだく川辺の蛍かな天つ星かと見え紛ひつつ　（左兵衛佐師時《さひょうえのすけもろとき》家歌合・作者未詳）

などと詠まれてきた。掲出歌はこの類型的趣向によって詠まれた歌と言える。

冒頭の「来ぬ秋」はまだ立秋になっていないことを言う。立秋を迎えていないのに七月七日になって、牽牛、織女の出会う空を見ると、というのである。「行く蛍」は、

行く蛍雲の上まで往《い》ぬべくは秋風吹くと雁に告げこせ　（伊勢物語・四七段、後撰集・秋上・在原業平にも）

などと夏から秋へ移り変わる時節のものとして詠まれてきた。掲出歌は立秋前の七夕という暦の妙と、夏と秋の境に飛ぶ「蛍」を結び合わせて作歌されたもので、その点からは理知的な歌と言えるが、しかし、秋を迎えようとする季節の夜、七夕の星、天の川、蛍という感傷的とも言える景物を結びつけ、しみじみとした情趣を醸し出すことに成功している。

「来ぬ秋」は前述したように、立秋前をいうのであろうが、自分に恋人の訪れのないことを含意するようにも取れる。私の恋人は来ない、だが、空では星が逢瀬の夜を迎えている。そのような空を見上げていると夏の蛍が飛び去り、季節は秋へと移って行く、というのである。「蛍」は『古今集』で、

明け立てば蟬のをり延《は》へ泣き暮らし夜は蛍の燃えこそわたれ　（恋一・読人不知）

などと詠まれ、蛍の「火」が「思ひ」の「ひ」に掛けられて、燃える思いを表象するものとして詠まれてきた。和泉式部には著名な

もの思へば沢の蛍を我が身よりあくがれにける魂かとぞ見る（後拾遺集・神祇）

という歌がある。掲出歌は「来ぬ」「秋（飽き）」「星合」「蛍」と恋を暗示する言葉を詠み込んで、裏に恋の切なさが込められているようにも詠めるのである。

「交野」は河内国にあった野で、「天の川」と名づけられた川が流れている。『伊勢物語』八二段は業平と惟喬《これたか》親王との交遊を描いたものであるが、そこで業平は、親王の「〈**交野を狩りて、天の河のほとりに至る**〉**を題にて、歌詠みて盃はさせ**」の言葉を受け、

狩り暮らし織女《たなばたつめ》に宿借らむ天の河原に我は来にけり

と詠んでいる。このように交野の「天の川」は空の「天の川」と見立てられ、七夕と結びつけられて歌に詠まれてきた。したがって掲出歌の「天の川」は空の川とも地の川とも取れる。一方に限定する必要はないのであろう。「蛍」は「交野」の地に流れる川の波の上を恋の思いであるかのように飛び行く、そして、その「蛍」は「交野」の野の上を大きく越えて流れる空の「天の川」の波の間を行くがごとくにも見える、というのであろう。伝統的な素材を組み合わせて、広々とした野、さらに大空、その空間に飛ぶ「蛍」、蛍と見紛う「星」を詠み、壮大でいて繊細な景を表現していると言える。

瞿麦《なでしこ》

春日野に春妻籠《はるつまこ》めし若草の
露のゆかりやなでしこの花

（松下集）

【通釈】

春、春日野の若草は妻を覆い隠してしまったが、その若草には妻の涙のような露が置いている。今、可憐に咲くこのなでしこの花はそのような露に縁のある花であろうか。

【鑑賞】

「瞿麦」は『万葉集』巻二に「家持砌《みぎり》の上の瞿麦が花を見て作る歌一首」が収められているなど、古くから歌材として詠まれてきた。『古今和歌六帖』の歌題にも見える。秋の七草の一つでもあったが、「常夏《とこなつ》」の異名もあり夏の花としても多く詠まれている。しばしば「撫《な》でし子」の意を込めて、

山賤《がつ》の垣ほに生ふるなでしこに思ひよそへぬ時の間ぞなき（拾遺集・恋三・村上天皇）

など愛する女性、また後に言及するように愛児を譬えて詠まれる。後に芭蕉に随行した曽良が『奥の細道』中で少女の名を聞いて詠んだ、

かさねとは八重なでしこの名なるべし

の句もその伝統を踏まえてのものである。

「春日野」は奈良市街の東にある春日山の山麓一帯の野で、官人の行楽地であり、その野の続きに「若草」の名を冠した若草山もある。その野での若菜摘みは和歌に多く詠まれてきた。『古今集』の

春日野は今日はな焼きそ若草の妻も籠もれり我も籠もれり（春上・読人不知）

もそのような春日野の若菜摘みの様子を呼んだ歌で、この歌は「妻も籠もれり」と詠まれている点からも掲出歌の本歌の一つと言ってよい。ただ、この歌における「若草」は若い「妻」の形容であるが、掲出歌での「若草」は妻を籠めるもの、と読める文脈で使われている。ここでは「若草」は「妻」を覆い隠す存在と取るのがよいのであろう。「妻籠めし」という用例は和歌に少ないが、

妻籠めし夜半《よは》の名残か武蔵野に朝立つ鹿の音のみ鳴くらむ（政範《まさのり》集）

は解釈の参考になる。「妻籠む」は妻を人目に触れないように覆い隠す意であり、掲出歌でも「し」という過去の助動詞が使われていることから、今年の春にそういうことがあったと、「なでしこの花」を見ながら思い起こしているという意である。「若草」が「妻」を籠めるとする例は少ないが、

一人やは分くとも分かむ春霞妻も籠もれる野辺の若草（内裏百番歌合〈承久三年〉・藤原経通《つねみち》）

の歌に見えるような「妻」が「若草」に籠もるということと結果的に同じ状況なのであろう。正広自身は掲出歌以外に、

春日野や妻籠め急げ若草の山は春来て鶯の声（松下集）

と「妻籠め」という語を「若草」と結びつけて使っている。

「露のゆかり」は、次に挙げる『源氏物語』紅葉賀の巻中の源氏と藤壺の贈答歌に見える語で、「なでしこの花」と合わせて使われていることからも、掲出歌がこれを意識していることは疑いない。

（源氏）よそへつつ見るに心は慰まで露けさまさるなでしこの花

（藤壺）袖濡るる露のゆかりと思ふにもなほうとまれぬやまとなでしこ

この『源氏物語』では、「露のゆかり」である「なでしこの花」は源氏と藤壺の間に生まれた子のことである。ただし、掲出歌ではこの語句を用いながら、「妻籠め」「若草」と取り合わすことで、若い女性を暗示させているとしてよいのであろう。

以上のように「妻籠む」「若草」「なでしこの花」などの語には恋の面影が感じ取れるが、その意を含ませながら、掲出歌の主題はあくまでも「なでしこの花」なのだと思われる。春に芽を出し、愛すべき妻のように若草にそっと隠されていた「なでしこ」は、その「若草」の葉に「露」が置く時期になった時に、その「露」に縁の深いものとして可憐な花を咲かせる、というのである。冒頭の「春日野に春」

という言葉続きも単に文字の連関という修辞上の工夫というだけでなく、あの春の季節に、という、いとおしむような思い入れを感じさせる効果を持っている。

逢恋

小簾《こす》の外《と》に独りや月の更けぬらん
　日頃の袖の涙訪ねて

（松下集）

【通釈】
簾の外で月が独りでむなしく夜を過ごしている内に夜も更けて行くのであろうか。常日頃訪れていた私の涙で濡れる袖を月は今宵も訪ねて来たが、今日、私は恋する人と共にいて私の袖は濡れていないので。

【鑑賞】
「逢恋」の歌題は「初逢恋」などとして平安期からあるが、「不逢恋」が詠まれることの方が多く、成就した恋を和歌に詠むことは一般的ではなかった。掲出歌はその詠みにくい歌題を直接的にではなく月の立場から詠んでうまく処理した歌で、専門歌人としての技量を十分に発揮したものと言える。正広の名作として知られていたようで、近世前期の『歌林《かりん》尾花《おばな》末《がすえ》』には、正広がこの歌によって「日頃の正広」と称されたことが記録されている。

「小簾」は御簾《みす》と同じ。「小簾の外」は、

小簾の外に宵の灯火消えやらでほのめく影は蛍なりけり（続詞花集・夏・覚性《かくしょう》法親王）

など中世になって詠まれるようになった語句で、家の外でもなく、かといって人のいる部屋の内でもない、といった微妙な場所を示すのであろう。掲出歌で言えば、月は家の中へ射し込んでは来るものの、簾一枚隔てられて私のいる場所までは来ることができない。今宵の月はそこまでしか入れず、独り寂しく夜を過ごし、そのうちに夜は更けて行くというのである。

「独りや月の…らん」という表現は、

この頃は富士の白雪消えそめて独りや月の峰にすむらん（秋篠《あきしの》月清《げっせい》集・藤原良経《よしつね》）

などにも見えるものであり、正広はこれらから学んだと思われるが、「更ける」とするのは管見に入らない。「月」が更ける、とは月が夜更けた趣を見せるようになる、ということで、西行の

八瀬渡る水門《みなと》の風に月更けて潮干《しほひ》る潟《かた》に千鳥鳴くなり（山家集）

などを始めとして中世以降に多く見られるようになった表現である。

「日頃の」は「袖の涙」、さらに「訪ね」に掛かり、常日頃慣れ親しんでいる「袖の涙」、そこへの日

毎の訪問を言い表す。月は毎日のように、涙で濡れた私の袖を訪れていた、というのである。「袖」に「月」が宿ることは、早く、伊勢によって、

逢ひに逢ひてもの思ふ頃の我が袖に宿る月さへ濡るる顔なる（古今集・恋五）

と詠まれている。この歌にあるように、「月」が「袖」に宿ると認識するのは、袖の涙に月が映ずると見るためで、藤原俊成卿女《しゆんぜいきょうのむすめ》は、

面影の霞める月ぞ宿りける春や昔の袖の涙に（新古今集・恋二）

などと「袖の涙に」と明確に詠んでいる。さらに、このような状況を「訪ぬ」とするのは、『千五百番歌合』中の丹後の歌に、

わりなしや露のよすがを訪ねきてもの思ふ袖に宿る月影

と詠まれるなど、中世頃になってからのようである。なお、『集外三十六歌仙』所収の掲出歌は「訪ねて」を「求めて」とするが、それだと少し即物的な言葉遣いに思える。

いずれにせよ、恋人の訪れのない夜、悲しみに袖を涙で濡らしているとそこに月が映ずる、とするのが常套的な詠み方であった。掲出歌はそれを踏まえ、「月」を擬人化し、「日頃」という語で「月」が自分のもとを訪ねて来る夜が毎晩のことであったことを示している。それを「日頃の袖…」と約めて表現したところに、正広の歌の新鮮さがあり、「日頃の正広」の名もその評価から生じたのであろう。

ただし、「日頃」に関しては、『清水宗川聞書《しみずそうせんききがき》』に、「日頃の正広は徹書記（正徹のこと―引用者注）弟

子なり」とした上で、「三百六十首の歌合」に「夜頃」とあることを指摘、「世間に日頃と言ひ来るは不審なり」としている。「夜頃」であれば、月の訪れとの関わりが密になるが、常に流している「涙」の意を表すのであれば、「日頃」の方が適切だと思われる。

まれに恋人と逢うことのできた喜びと、しかし、いままでもそうであったし、恐らくこれからもそうであろう叶えられない訪れを待つ悲しみの予感、今日はいつもの月を見捨てたものの、今宵一夜一人身にさせた月と明日からは再び共に過ごすことになろう、という切ない予感が「逢恋」の題で詠まれている。

（廣木）

堯恵《ぎょうえ》

【プロフィール】

永享二年（一四三〇）〜明応七年（一四九八）？、六九歳か。歌人。天台僧で法印。和歌を尭孝に学び、常光院流の古今伝授を受け、二条派歌学の正統を継いだ。後土御門天皇・後柏原天皇に歌学を講じたのをはじめ、公家・武家・地下などに幅広い交遊関係を持った。家集に『下葉集』、歌書の注釈書に『古今抄延五記』『愚問賢註抄出』など、紀行に『善光寺紀行』『北国紀行』がある。

雪中鶯

竹の葉に溜《た》まりもあへず鶯の
払ふ羽《は》風に淡雪ぞ降る

（下葉集《したばしゅう》）

【通釈】

雪は竹の葉に降り積もる間もなく、鶯の羽風に払い落とされてしまう。そのような中、淡雪は降り続けることだ。

【鑑賞】

歌題「雪中鶯」は承久《じょうきゅう》二年（一二二〇）の『道助法親王家《どうじょほっしんのうけ》五十首』（『壬二《みに》集』など所収）に見えるのが早い例である。雪の降る中で鶯が鳴くという情景は、

山の間に鶯鳴きてうち靡《なび》く春と思へど雪降りしきぬ（万葉集・巻一〇・作者未詳）

など早くから詠まれ続けられてきたものである。「淡雪ぞ降る」という句を用い、さらに鶯の羽を詠み込んだ歌も、『万葉集』に次のように見える。

梅が枝に鳴きて移ろふ鶯の羽白妙《はねしろたへ》に淡雪ぞ降る（巻一〇・作者未詳）

「溜まりもあへず」も『風雅集』に、

霜氷る野辺の笹原風冴《さ》えて溜りもあへず降る霰かな（冬・中院通顕《なかのいんみちあき》）

と詠まれた言い回しである。

「羽風」は鳥の羽ばたきによって起こる風で、「鶯の羽風」によって木々に降り積む雪が振り払われるということも、

梅が枝に降り積む雪は鶯の羽風に散るも花かとぞ見る（千載集・春上・藤原顕輔《あきすけ》）

のように詠まれている。春の雪は鶯の羽風にも舞ってしまうような淡くかすかなものでもあるというのであろう。

また、「竹」にいる「鶯」も古くから詠まれ、そこに雪が降るということは、

御園生《みそのふ》の竹の林に鶯はしば鳴きにしを雪は降りつつ（万葉集・巻一九・大伴家持）

などとある。掲出歌はこのような伝統的な初春の景を詠んだものであり、「雪中鶯」の題自体がそのようなものを要求していたとも言えよう。

このようにほとんどすべてを伝統的な趣向に寄り掛かって作られたこの歌は、二条家歌学の継承者であった堯恵の立場がよく示されたものだと言える。しかし、それにもかかわらず、「竹」の緑を覆うかのように白い淡雪が降り、その中を飛ぶ春を告げる「鶯」の羽が作り出す風で「竹の葉」の雪がこぼれ落ち、緑が再び現れる、しかしまた白い淡雪が降り積もる、と繰り返される情景は、静寂な中の微細な動きによって、逡巡しながらも訪れる春を感じさせるように詠出されていて、穏やかで気品ある作品に仕上がっている。実景とは思えないものの、絵画的ではある。それぞれの言葉、趣向は類型的ではあるが、それをまとめ上げていった手腕は評価すべきで、二条派和歌のたどり着いた姿とも言える。また、「鶯」を主題とすべきを幾分外しているようであるのは、この時代の題詠のあり方を示している。

夏芝

雨落ちし夏野の末は露消えて
暑さ身にしむ道の芝草

（下葉集）

【通釈】

突然降ってきた雨も止んで、夏の野の末の方ではその雨露も消えた。ここは戻ってきた暑さが身に蒸せ返るような芝草の茂る道のほとりであることだ。

【鑑賞】

「夏芝」の歌題は珍しく、他に大内政弘《まさひろ》の『拾塵集《しゅうじん》』に見えるくらいで、当時の二条派歌壇での歌題であったとも考えられる。「夏芝」「夏の芝」などの語が直接和歌に詠まれた例も管見に入らない。「夏」の季節の「芝」というもの自体、

夏の日の足に当たればさしながらはかなく消ゆる道芝の露（和泉式部集）

などの例があるものの、好まれた景物ではないようである。

「雨落つ」という表現は早くは『万葉集』に、

庭草に村雨落てこほろぎの鳴く声聞けば秋づきにけり（巻一〇・作者未詳）

などがあるが、「落て」を後代では「ふりて」と詠んでいて、先例になるかどうか不明であり、その後もこの語句はあまり詠まれていない。「降る」というより、即物的で、雨滴そのものを意識した言い方であると言えようか。

掲出歌での「雨」がどのような「雨」かは確定できないが、「落つ」との表現も含め、一時的な激しい雨と考えるのが適当だとすると、前引の『万葉集』歌のように「村雨」とするのがよいと思われる。

「村雨」は秋にも夏にも詠まれるが、夏の村雨は、

村雨の名残も涼し露結ぶ庭の浅茅《あさぢ》の夏の夕暮れ（頓阿《とんあ》句題百首・周嗣《しゆうし》）

などとあるように、涼しさをもたらすものとされている。「村雨」かどうかは分からないが、

夏野行く袖も涼しく雨晴れて秋かと辿《たど》る道芝の露（永享《えいきよう》百首・浄喜《じようき》）

は「道芝」と「雨」の「露」が結ばれて詠まれており、掲出歌と語句の面で類似する。これら二つの例のように、夏の「雨」、さらに秋の「露」を想起させる雨の「露」は、「涼し」という体感とともに詠まれるのが一般である。しかし、掲出歌ではそれを「露消えて」として、「身にしむ」暑さを詠んだとこ

ろに新しさがある。一時、激しい雨が降って涼しく感じられたが、その雨も止み、夏の陽にその雨露も消えてしまうと、芝草の茂る道には蒸すような暑さが戻ってくるのである。夏野の気配が巧みに捉えられ、肌にまとわりつくような暑さ、草いきれがおのずから感じ取れるようである。

五月の末、伊豆の海より重なれる山漫々《まんまん》として、富士の空までも一つ海のやうに見え侍り。この頃よりやうやう夕立の気色なり。

重なれる雲分け帰る伊豆の海の
山より浮かぶ夕立の空

（北国紀行）

【通釈】

幾重にも重なる雲を分けて帰って来ると、雲が切れ、伊豆の海の向こうに聳える山が見えたが、その山の上の空には夕立を降らせる雲が湧き上がっていたことだ。

【鑑賞】

『北国紀行』は文明一八年（一四八六）五月末、美濃郡上《ぐじょう》から飛驒、越後を経て武蔵国へ赴き、そこで越年、次いで鎌倉から三浦半島の蘆名《あしな》、そこから再び武蔵を経て、長享元年（一四八七）十一月末、越後へ戻るまでを記した、一年半にわたる堯恵の紀行文である。掲出歌は、その折り返し点である蘆名にいた、歌人としても著名であった武将東常縁《とうのつねより》の次男、常和《つねかず》のもとに三ヶ月ほど滞在し、再び越後へと戻る時の歌である。「雲分け帰る」の「帰る」はその事情を語っている。これより前、堯恵は鎌倉からこの蘆名に向かう折には次のように述べている。

畳々《でふでふ》たる巌《いはほ》を切り、山を穿《うが》ち、旧跡の雲に連なれる所を過ぎて、三浦が崎の遠き渚を翩々《へんぺん》として行くに、蒼海《さうかい》のほとりもなき上に、富士ただ虚空にひとり浮かべり。

堯恵はこのようにしてやって来た蘆名からの帰路、感慨をもって目の前に広がる伊豆の海、その向こうの山々、さらに富士山を眺めたのである。「重なれる」は自分が帰る道筋の雲の様子であるが、前書を参照すれば、海の向こうに見える伊豆の山の情景でもあろう。前書の「漫々」はどこまでも続く様子をいう。重なる雲を分けて行くと突然、眼前が開け、伊豆の海、山々が見えた。そしてその山の上には時しも夕立を降らせる雲が湧き上がっていた、というのである。「伊豆の海」を詠んだ著名な歌に源実朝の、

箱根路を我が越え来れば伊豆の海や沖の小島に波の寄る見ゆ（金槐集《きんかいしゅう》）

があるが、『金槐集』ではこの歌の前に、次のような詞書のある歌が置かれている。

朝ぼらけ八重の潮路《しほぢ》霞みわたりて、空も一つに見え侍りしかば、

空や海海や空とも見え分かぬ霞も波も立ち満ちにつつ

空と海が渾然としている情景や、歩みを進めていると突然「伊豆の海」が目の前に広がるという設定は、『金槐集』のこの詞書等が念頭にあったと言えるかもしれない。

また、「雲」を分けて帰る、という表現は、

雲分けて都訪ねに行く雁も春に会ひてぞ飛び帰りける（千里集《ちさとしゅう》）

などと詠まれるように、帰雁に使われることのあるものであり、ここでも帰路への思いがこのような表現を用いさせたとも考えられよう。

末句「夕立の空」の語句は、

寄られつる野も狭《せ》の草のかげろひて涼しく曇る夕立の空（新古今集・夏・西行）

など西行に使われ、『六百番歌合』にも七例見えるもので、平安末の頃から盛んに詠まれるようになった。元来、突然にかき曇る空をいうのであろうが、ここでは、「浮かぶ」とあることから、

この里に降らぬも涼し浮雲の山の端伝ふ夕立の空（草庵《そうあん》集・頓阿《とんあ》）

と詠まれているような、夕立を降らせる一群の雲のある遠方の空をいうのだと思われる。

「伊豆の海の山」は重なる山でもあろうが、その山々の上に聳える富士そのものと見てよいかも知れない。海の青、空の青がとけ合った中に、重なる山、富士が聳え、さらにその上に夕立を降らせる雲、その雄大な景の前に旅の途次にある作者はどのような感慨を覚えたことであろうか。若山牧水の

白鳥は哀《かな》しからずや空の青海の青にも染まず漂ふ（別離）

は空と海の溶け合う中を漂泊する青年の心を詠むが、この堯恵の歌にはこのような感傷はない。壮快な叙景歌と取ってよいのであろう。このような歌は穏やかな歌風が特色の堯恵としては異質であるが、先に挙げた実朝の歌が呼び起こしたものと言ってよいのかも知れない。

（廣木）

蓮如

【プロフィール】　れんにょ

応永二二年（一四一五）～明応八年（一四九九）、八五歳。浄土真宗の僧。本願寺第八世法主。諱、兼寿。近江・吉崎・出口・山科・大阪など各地で布教、本願寺教団の拡大に貢献した。その間に書いた書簡、「御文」は門徒に広く読まれた。家集に実如編・実悟編の二編の『蓮如上人御詠歌』、紀行文に『紀伊国紀行』『有馬道の記』、仏書に『正信偈大意』、言行録に『蓮如上人御一代記聞書』などがある。本稿の底本『蓮如集』は上記の歌集・その他に残された和歌を「真宗史料集成」第二巻に整理、まとめたものである。

文明三年七月十八日二俣坊《ふたまたばう》にて御作の御文《おふみ》奥に

暑き日に流るる汗は涙かな

書き置く筆の跡ぞをかしき

（蓮如集）

【通釈】

暑い日に流れ落ちる汗は涙であることだ。そのような汗や涙を流して門徒のために書き置いたものを見ると感慨深いものがあることだ。

【鑑賞】

蓮如は文明三年（一四七一）七月二七日から文明七年八月二一日まで、現福井県おわら市吉崎を北陸布教の拠点とした。「二俣坊」は蓮如の叔父、如乗《にょじょう》が創建した加賀国二俣の本泉寺の坊で、吉崎道場完成前に蓮如は一時そこに居をおいていた。蓮如の書簡である「御文」の多くはこの時期以後、書かれたものである。掲出歌の記された「御文」の書き出しには、

当流親鸞上人の一義は、あながちに出家発心の形を本《ほん》とせず。捨家棄欲《しやけきよく》の姿を標せず。ただ、一念帰命の他力の信心を決定《けつぢやう》せしむる時は、さらに男女老少を選ばざるものなり。

とあり、親鸞の教えの本質を端的に述べている。この歌には親鸞の教えを伝えることのできる感慨が表れていると言えよう。

「暑き日」とは残暑のことを言うのであろうが、新たな地での布教への意欲、緊張、不安など蓮如に去来する心の有り様、昂揚を示しているのでもあろう。暑さによって流れる汗がそのまま「涙」でもあるという告白はそのことを暗示しており、その涙は感涙でもあったのかも知れない。

漢語に「涙汗」の語があるが、「汗」を詠むことは和歌では少なく、さらにそれを「涙」とした古歌は管見に入らない。実感そのままを詠んだと思われ、それは蓮如の歌の特色でもあった。「書き置く筆の跡」の方は古歌にも多く詠まれているが、恋人の手紙や遺言などを言うことが一般である。それに対

し、ここでは自分自身の書いた手紙、つまり「御文」を指す。その自分の書いた文章を「をかし」とするところに蓮如の立場があると言える。一見、自画自賛にも取れるが、それは前記の「御文」の引用にも見えるように親鸞の教えを伝えたもので、『蓮如上人御一代聞書』に、「御文は如来《にょらい》の直説《じきせつ》なりと存ずべきの由に候ふ」とあるように、一心に「如来の直説」を伝えようとし、それを成し遂げたことへの満足感からのものでもある。

蓮如はこのような思いを述べた和歌を「御文」の末尾にしばしば書き付けている。晩年、明応七年(一四九八)一一月一五日付の「御文」でも、

後の世の形見のためになれよとて筆を尽くして書きぞ置きける（蓮如集）

と詠んでおり、「御文」が死後までも浄土真宗の教えの基盤になることを願っている。「御文」としては早い時期のものに記された掲出歌からは、このような蓮如の「御文」執筆への思いがなまなましく伝わって来よう。

明応七年十二月十五日願《ぐわん》行《ぎやう》具足《ぐそく》のいはれあそばしける御文に

老が身は六字の姿になりやせん
願行具足の南無阿弥陀仏

（蓮如集）

【通釈】

老いた我が身は六文字の姿にならないだろうか。極楽浄土への願いとそのための行いのすべてが込められている南無阿弥陀仏の名号そのものに。

【鑑賞】

明応七年（一四九八）は蓮如八四歳である。二年半ほど前に大坂御坊を建立、この年の六月から、その僧坊で病床についていた。そのような中での「御文」であり、述懐である。「六字」は「六字の名号」すなわち「南無阿弥陀仏」をいう。「老が身」は一般にははかない身であり、

老が身は夕べの煙暁の雲と消ゆべき空ぞ近づく（草根集《そうこん》・正徹《しょうてつ》）

などと詠まれ、この歌では間もなく「煙」となって空に消えてしまうものとされている。それを「南無阿弥陀仏」そのものにならないだろうかとするのは、真の信仰者しか持ち得ない自覚だと言えようか。

「願行」は誓願とそれを求めるための行い。「具足」はそれが同時に備わっていることをいう。「願行具足の南無阿弥陀仏」とは、意味上は「南無阿弥陀仏」の名号を唱えることで「願行具足」する、ということであろうが、親鸞の言葉を書きとどめた『歎異抄《たんに》』に、

誓願の不思議によりて易く保ち、称《とな》へ易き名号を案じ出だし給ひて、この名号を称へん者を迎へ取らんと御約束あることなれば、

とあることから類推すれば、名号を称えることで、仏そのものになり得るのであり、「願行具足の南無阿弥陀仏」は仏そのものを意味するのであろう。蓮如はそのような「南無阿弥陀仏」そのもの、つまり仏に自分の身がなることを予感しているのである。蓮如と同様に浄土門に属する時宗の開祖一遍《いっぺん》は、

常住不滅の無量寿に帰しぬれば、我執の迷情を削りて、能帰所帰《のうきしょき》一体にして、生死《しやうじ》本無なる姿を、六字の南無阿弥陀仏となせり。（播州《ばんしゅう》法語集）

と述べ、また、次のような歌を詠んでいる。

称ふれば仏も我もなかりけり南無阿弥陀仏の声ばかりして（一遍上人語録）

「南無阿弥陀仏」の語を詠み込んだ歌例は多いが、それらは皆、南無阿弥陀仏を称えることを詠むも

ので、このような浄土教の信仰の本質を示したものはほとんどない。掲出歌はそれに連なるものと言え、蓮如の浄土教信仰者としての立場を明確に示している。

京都の六波羅密寺《ろくはらみつじ》には空也が南無阿弥陀仏を称えるとその一字一字がすべて仏の姿になった逸話を表現した像がある。掲出歌と通じる思想の形象化である。

六字名号の奥に、一首

弥《み》陀《だ》頼む我が身ひとりの尊《たふと》さに
涙もよほす老の袖かな

（蓮如集）

【通釈】

阿弥陀仏を頼みにする自分ひとりの尊さに感涙の涙が流れて、年老いた自分の袖を濡らすことだ。

【鑑賞】

「六字名号」は「南無阿弥陀仏」の名号のことである。浄土真宗において第一の本尊ともされた。この名号を蓮如は本願寺教団に帰参する証として、みずから門徒のために書いて下付した。その数は厖大なもので、『空善記』では、

おれほど名号を書きたる人は日本にあるまじきぞ。

と述べている。この「六字名号」と「御文」が蓮如の布教の両輪だったと言える。掲出歌にはその名号に対する蓮如の心情が素直に吐露されており、下付された者もそのような気持ちになることを期待したのでもあったであろう。

「弥陀」は阿弥陀仏のこと。極楽浄土を主宰する仏。蓮如が説いた浄土真宗での本尊。南無阿弥陀仏の念仏を修するすべての衆生《しゅじょう》を極楽に往生させるという。

先述したように、蓮如は多くの門徒に「六字名号」を下付した。しかし、「六字名号」をいくら下付しても、阿弥陀仏の本願を信じて南無阿弥陀仏の名号を唱える者は少なく、私ひとりしかいないのではないかというのである。蓮如は、

弥陀頼む我が身ばかりは仏にて人の心はいかがあるらん（蓮如集）

とも詠んでいる。「弥陀」を頼むことは、特別な能力の必要のないことであり、誰でもが信心さえ持てばよいのであるから、「我が身ひとりの尊さ」とは、いくら教えを説いてもそれに帰依しない者が多いことへの嘆きなのであろう。自分だけが特別なのではなく、誰もが自分と同じように弥陀を頼めば「尊さ」を持ち得るのである。

「弥陀頼む」ことによって「尊く」なれるのは、蓮如の祖、親鸞が『末燈鈔《まつとうしょう》』の中で何度も繰り返しているように、「信心する人は如来と等し」くなれるからである。そのことは輝空《きくう》上人の、

弥陀頼む心のうちに隔てなき仏はさらに身をも離れず（新千載集・釈教）

という詠にも見える。

「老の袖」を濡らす涙は一般には、

寝《い》ねがてに老の袖をぞ濡らしけるひとりある庭の萩の白露（亀山殿百首・小倉公雄《きんお》）

などとあるように老いたことの悲哀の涙であるが、ここの「涙」は感涙の涙であろう。西行の

何事のおはしますをば知らねどもかたじけなさに涙こぼるる（版本西行法師集）

と同種の涙と言える。一見、我が身の自慢のようにも取れる歌であるが、老いの身になった自分が、老いを悲しむことなく、阿弥陀仏を信じることのできる、という素直な喜びの表現と言うべきである。また、教団の指導者としては、そのような喜びに浸れない多くの人々に示した歌でもあったのであろう。

（廣木）

道興

【プロフィール】　どうこう

生年未詳～文亀元年（一五〇一）。一説、永享二年（一四三〇）～大永七年（一五二七）、九八歳。僧侶（天台・修験）。大僧正・准三宮。関白近衛房嗣の三男。聖護院門跡、園城寺長吏など。文明一八年（一四八六）から翌年にかけて東国を巡歴した時の紀行文『廻国雑記』はよく知られている。

冬の色はまだ浅草のうら枯れに
秋の露をものこす庭かな

（廻国雑記）

【通釈】

冬の雰囲気はまだ浅い、浅草寺の庭に生えている草花はうら枯れていて、そこには秋の露が残っていることだ。

【鑑賞】

『廻国雑記』の旅で道興は江戸周辺も訪れており、その時に詠んだ歌々は結果的に江戸歌枕の先蹤としての位置を占めることとなった。『群書類従』に収録されたことによっても、この書の流布度は高まったであろう。

さて、『廻国雑記』には、この歌の前に、

浅草といへる所に泊まりて、庭に残れる草花を見て、

とあるように、これは浅草寺を詠んだもの。文明一八年冬に訪れている。久保田淳『隅田川の文学』（岩波新書、一九九六年）が指摘するように、「道興は天台の高僧である」から「浅草寺の僧房に杖を休めたと考えるのが最も自然」なのだろう。

いずれにしても、和歌に浅草寺が詠み込まれた例としては極めて古い。

「冬の色はまだ浅」と「浅草」が掛けられていて、秋と冬が交錯する光景をまとまりよく描いている。

「うら（末）枯れ」は、秋の末に草木のこずえや葉先が枯れること。『万葉集』に、

しらとほふ小新田山《をにひたやま》の守る山のうら枯れせなな常葉《とこは》にもがも（巻一四・作者未詳）

とある。「秋の露」は、『古今集』に、

秋の露色々ことに置けばこそ山の木の葉のちぐさなるらめ（秋下・読人不知）

浅草川
花川戸
金龍山《きんりうさん》
淺草寺《せんさうし》
全圖
共五枚
並木町

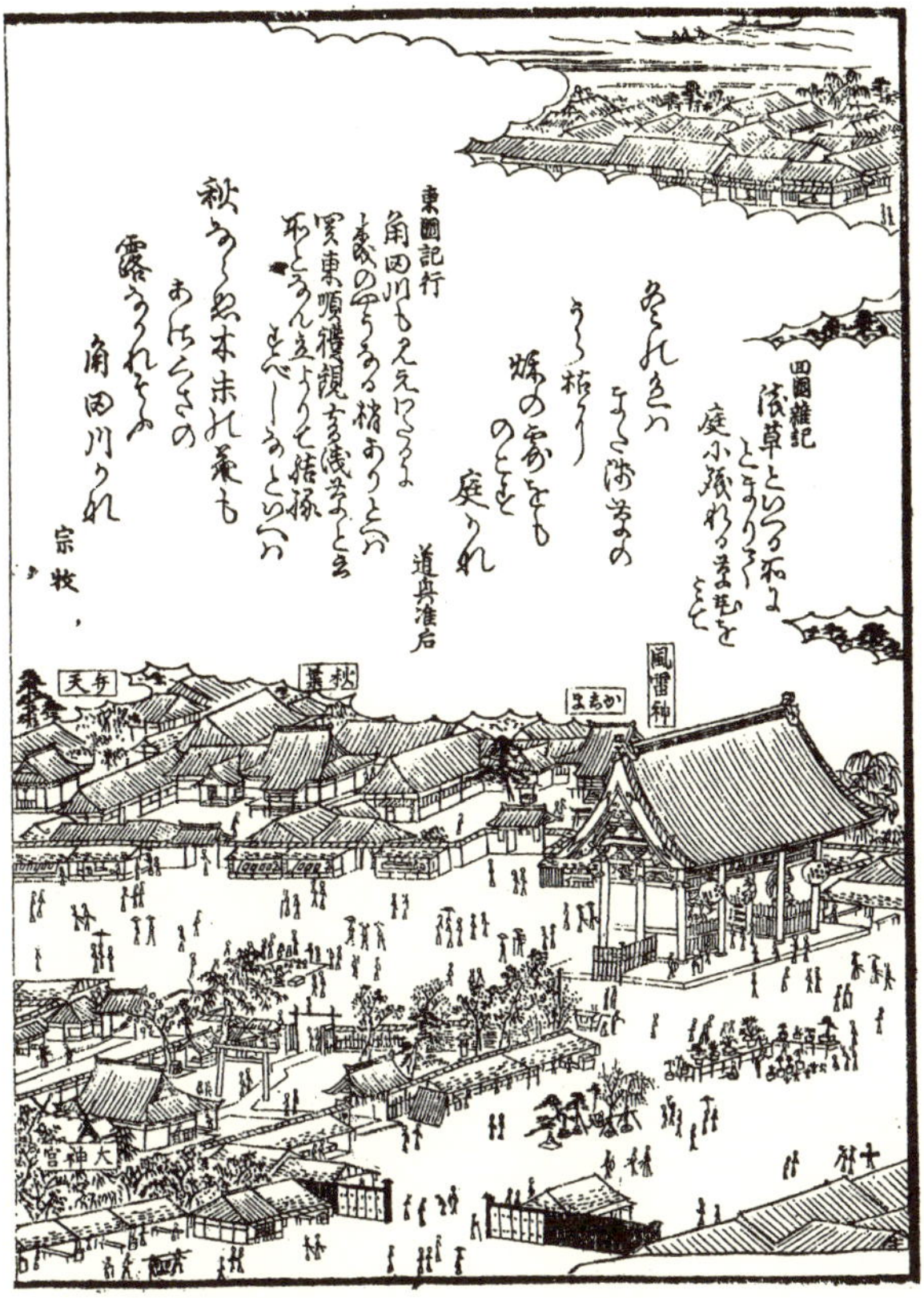

『江戸名所図会』金竜山浅草寺

との用例がある。

一五世紀頃に成立した紀行文には地名をやや狂歌的に詠み下すような傾向が認められるが、掲出歌や次に取り上げる歌もそのような例の一つとして捉えられよう。

なお、江戸時代における最も著名な江戸の地誌『江戸名所図会』の浅草寺の条の挿絵にも掲出歌が付載されている。

里人のくめくめ川と夕暮れに
　なりなば水は凍りもぞする

（廻国雑記）

【通釈】

里人が「汲め汲め」という久米川も夕暮れ時になったなら、川の水もきっと氷りついてしまうだろう。

【鑑賞】

久米川は、現在の北多摩郡北部を流れる柳瀬川の古名。道興は文明一八年末にここを訪れている。『廻国雑記』には、この歌の前に、

くめくめ川といふ所侍り。里の家々には井なども侍らで、ただこの河をくみて朝夕もちひ侍るとなん申しければ、

とある。

久《く》米《め》川《がわ》

『江戸名所図会』久米川

すなわち、家々に井戸がなく川の水を利用しているという人事を表す文脈と、久米川の夕暮れ時の光景という自然を表す文脈を、「汲め汲めと言ふ」「久米川と夕暮に」という掛詞によって重ね合わせて、機知的に詠んでいるのである。「汲め汲め」と言ったって、夕方になったら氷ってしまうから汲めませんよ、というユーモアなのである。

『群書類従』では、五句目に「イこそせめ」と傍記されているが、大差ない。

なお、『江戸名所図会』の久米川の条の挿絵にも、掲出歌が付載されている。

（鈴木）

宗祇

【プロフィール】　そうぎ

応永二八年（一四二一）～文亀二年（一五〇二）、八二歳。連歌師。歌人。北野連歌会所奉行・宗匠。種玉庵、自然斎、見外斎。和歌を飛鳥井雅親、連歌を宗砌、専順、心敬、古典を一条兼良に学ぶ。東常縁から古今伝授を受ける。家集に『宗祇法師集』『詠五十首和歌』、句集に『萱草』『老葉《わくらば》』『下草』『宇良葉』『自然斎発句』、連歌論書に『長六文』『吾妻問答』、注釈書に『古今和歌集両度聞書』、紀行文に『筑紫道記』『白河紀行』、連歌撰集に『竹林抄』などがあり、准勅撰連歌集『新撰菟玖波集』を撰進する。

橋辺款冬

駒止むる板田の橋の夕波に
零《こぼ》れて匂ふ山吹の花

（宗祇法師集）

【通釈】

馬を止めた板田の橋の辺りを流れる夕波に山吹の花が零れ掛かり、あたりに香りを放つことだ。

【鑑賞】

「橋辺款冬」の歌題は藤原定家『拾遺愚草』に見える。「款冬（山吹）」は『万葉集』に、

蛙《かはづ》鳴く神南備《かむなび》川に影見えて今か咲くらむ山吹の花（巻八・厚見王）

とあるなど、川などの水辺に咲く花と考えられ、「水辺款冬」の歌題でも詠まれてきた。特に、

蛙鳴く井手の山吹散りにけり花の盛りに会はましものを（古今集・春下・読人不知）

の歌によって、京都府南部の玉川の流れている「井手」と結びつけられてもきた。歌題で「橋辺」と結ぶのはそのような山吹の詠まれ方による。

掲出歌は以上のような「山吹」と「井手の渡り」さらに「駒」を取り合わせた、藤原惟成《これしげ》の、

蛙鳴く井手の渡りに駒なめて行く手にも見む山吹の花（金葉集三奏本・春）

などを踏まえた歌で、「井手の渡り」を「板田の橋」に置き換えたものと言える。「板田の橋」は奈良県明日香村小墾田《おはりだ》にあったとされる橋で、『万葉集』に

小墾田の板田の橋のこぼれなば桁《けた》より行かむな恋ひそ我妹《わぎも》（巻一一・作者未詳）

と詠まれた歌枕である。この『万葉集』歌での「こぼる」は毀れるの意であり、板田の橋は壊れやすいものとして詠まれるようになったのであるが、「こぼる」に「零れる」を読み取って、『弘長百首《こうちょう》』の、

零るると見るにつけても溜《た》まらぬは板田の橋の霰なりけり（寂西《じゃくさい》）

などのように、零れるものと関わらせても用いられた。掲出歌もそのような歌の一つと言える。「山吹の花」を零れる、とするのは、垂れ下がる枝から零れるように咲く形状からと思われ、

早瀬川波の陰越す岩岸に零れて咲ける山吹の花 （続古今集・春下・藤原為家）

などと詠まれている。それを「波」にというのは、前述したように、「山吹」が水辺に関係の深い花とされてきたからであるが、「夕波」としたのは、

見よかしな三月《やよひ》の庭の木の下に款冬《やまぶき》咲ける夕暮れの色 （夫木抄・春六・藤原為家）

などのように、「山吹の花」の黄色が夕日を思わせることに絡めて詠まれることが多いからであろう。

なお、「山吹」の花が「零れて匂ふ」とした歌例には、

心して風も吹かなん山吹の零れて匂ふ花の辺りは （万代《まんだい》集・春下・藤原定頼《さだより》）

などがある。

以上のようにこの歌は古歌に詠まれたさまざまな歌語を踏まえたもので、極めて技巧的に作り上げられていると言えるが、そのような事柄を傍らにすれば、古び毀れ掛かった橋の辺りに馬を止めた者が、夕日に照らされる川波に零れ掛かるように咲き匂う山吹の花を見つめるさまが、絵のように描かれていると言える。

古寺鐘

夢誘ふ鐘は麓に声落ちて　雲に夜深き峰の灯火

（宗祇法師集）

【通釈】

夢を誘う鐘の音は峰の古寺から麓に落ちるように聞こえてくる。その峰を見上げると雲間から夜更けの趣きを漂わせる峰の灯火が見えることだ。

【鑑賞】

「古寺鐘」の歌題は文久二年（一二六五）の『白河殿七百首』に見えるのが早い。「夢誘ふ鐘」は夜更けに眠りを誘うかのように聞こえてくる鐘の音のことであろうが、同時代の正広《しょうこう》に、

稲荷山昔の人や帰り坂我が夢誘ふ鐘の声かな　（松下集《しょうかしゅう》）

の例が見られるものの歌例は少ない。その鐘の音が麓に落ちるというのは、高嶺から鐘の音が聞こえてくるさまの的確な表現と言えるが、宗祇の独創ではなく、

冴《さ》え響く嵐の鐘の声落ちて暁寒し閨《ねや》の手枕《たまくら》（伏見院御集）

などの中世歌に見られるようになったものである。もともと、「声」が落ちるという表現は、

枕に落つる波の声は岸を分かつ夢（和漢朗詠集・隣家・菅原文時《ふみとき》）

と使われることから分かるように漢語的なものであろう。

「雲に夜深き峰」は雲の掛かった夜更けの峰、ということだが、そのことと「灯火」との関わりは分かりにくい。雲の合間から灯火が見える、としてよいのであろう。「峰の灯火」は、

おのづから手向《たむ》くる星も照り添ひて紅葉に混じる峰の灯火（雅世《まさよ》集）

など、星と見紛うものとして詠まれてきた。掲出歌も雲間の星のように見えるということであろうか。

『新撰朗詠集』には「山寺」を詠んだ、

石橋の路上の千峰の月、山殿の雲の中の半夜の灯（山寺・周元範）

鐘の声は半夜の香山の雨、散じて前渓に入つて楓葉秋なり（山寺・何玄《かげん》）

の二つの詩句が並んでいるが、宗祇の意識下にこのようなものがあった可能性がある。

山の麓にいて夜更けに鐘の音を聞きながら山上の古寺を思う心のありようを想像させる歌である。

上杉民部大輔《たいふ》定昌《さだまさ》、逝去のよし聞きて、越路《こしぢ》の果てまで下りて、六月十七日彼の墓所に詣で侍りしに、いつしか道の草茂くなりしを分け暮らして、帰るさに

君偲《しの》ぶ草葉植ゑ添へ帰る野を
　苔の下にも露けくや見ん

（宗祇法師集）

【通釈】

あなたを偲んで墓所に忍草を植え添えて私は野を帰ってくるが、あなたは墓の下から野が露けく、その露と涙で私が濡れるのを見ているであろうか。

【鑑賞】

上杉定昌は越後国守護、房定《ふささだ》の長男。宗祇は文明一〇年（一四七八）以来、都合七度、越後へ下向。

その七度目の下向の帰途宗祇は箱根で没している。宗祇にとって越後の上杉氏は生涯重要な関わりを持った守護大名であった。同時期には『北国紀行』の堯恵《ぎようえ》、『廻国雑記《かいこくざつき》』の道興《どうこう》、五山の漢詩人、万里集九《ばんりしゆうく》なども房定のもとを訪れている。越後国府（現直江津）は日本海沿岸の政治・軍事・文化の拠点の一つであったのである。

定昌の死は長享二年（一四八八）三月二四日のことである。『実隆公記《さねたかこうき》』四月九日の条に、宗祇の言として、次のように記されている。

上杉相模入道子息民部大輔、生年三十六歳、関東に於いて去月二十四日頓死と云々。若《も》しは切腹歟《か》と云々。言語道断の由これを語る。無双の仁慈博愛の武士也と云々。

さらに、同書一一日の条には、宗祇は恩を蒙った定昌追善のためにということで、「一品経勧進《いつぽんきようかんじん》」を催したき旨を実隆に語ったことが記されている。宗祇は五月九日京を出立、掲出歌の詞書にあるように六月一七日墓所に参詣する。宗祇三度目の下向であった。

詞書に「いつしか道の草茂くなりしを分け暮らして」とあるのは、一七日以後、たびたび墓参を重ねたことの実感が込められているのであろう。宗祇はおよそ一と月後の七月一〇日頃に越後を発った。『宗祇法師集』での掲出歌の次の歌の詞書には、

ほどなく文月十日頃帰り侍りし道に、

とある。したがって、掲出歌は「露」の語が詠み込まれていることも合わせて、七月に入ってからの作

とみるのがよいと思われる。

「君偲ぶ草」には「忍草」が掛けられている。君を偲ぶための忍草、ということで、歌例に、

君偲ぶ草にやつるる故郷は松虫の音《ね》ぞ悲しかりける（古今集・秋上・読人不知）

などがある。それを「添へる」というのは、墓所にということであろう。「植ゑ添ふ」の歌例には、

槿《あさがほ》の露もや千世を経《へ》ぬべきと山路の菊に植ゑ添へましを（俊成五社百首）

などがある。宗祇は秋を迎える頃、露の置くようになった草の茂った野を踏み分けながら、定昌のことを思うのである。

「苔の下」は墓の下ということ。歌例に、

もろともに苔の下にも朽ちもせで埋《うづ》まれぬ名を見るぞ悲しき（金葉集・雑下・和泉式部）

などがある。ここでは、墓の下の死した定昌を指し、宗祇は自分が露けき野を分けて帰るさまを定昌も知ってくれるだろうか問うのである。「露」は実際に野の草に置く露でもあるが、宗祇の涙でもある。「露」が「涙」を喩えることは古くからの常であった。宗祇は定昌の死を嘆き涙を流しながら墓所から帰る。亡き人を思いながら露深い野を行く作者の悲しみがしみじみと感じられる歌である。

（廣木）

肖柏

【プロフィール】しょうはく

嘉吉三年（一四四三）〜大永七年（一五二七）、八五歳。歌人。連歌作家。夢庵、牡丹花、弄花軒。中院通淳の男。若くして隠遁生活に入る。宗祇に和歌・連歌・古典を学び、古今伝授を受け、堺伝授の祖となる。家集に『春夢草』、句集に同名の『春夢草』。古典注釈書に『弄花抄』『伊勢物語肖聞抄』、連歌論書に『肖柏伝書』などがあり、秀歌集『六家抄』などを編纂、准勅撰連歌集『新撰菟玖波集』の編集を補佐。

盧橘

頼めつる人こそあるらし橘の
忍びに薫るたそかれの宿

（春夢草）

【通釈】

あてにしていた人が来たような気がする。橘がひそやかに薫るこのたそがれ時の宿に。

【鑑賞】

歌題の「盧橘」は橘もしくは花橘と同じに用いられた。『和漢朗詠集』の「橘花」の部に白居易の詩句、

盧橘子低《みた》りて山雨重し、栟櫚《へいりよ》葉戦《そよ》いで水風涼し

を載せ、国立国会図書館蔵『長秋詠藻《ちようしゆうえいそう》』では、

雨そそく盧橘に風過ぎて山時鳥雲に鳴くなり（藤原俊成）

中の「盧橘」に「はなたちばな」と仮名を振っている。この歌題は『万代集《まんだい》』に「祐子《ゆうし》内親王家歌合に」として採録された歌、

まだ知らぬ人も訪《と》ひけり我が宿の花橘の匂ふ盛りは（少将）

の歌題として見えるのが早い例であるが、『堀河百首』の題となったことで一般的になった。

「頼めつる人」は自分が信頼していた人、あてにしていた人の意で、歌例は多くないが、

頼めつる人待つ宵にあはれまた心騒がす荻の上風（千五百番歌合・小侍従《こじじゆう》）

などがあり、あてにしていた人が訪れたかのように思えたのは思い過ごしであった、と詠まれている。

掲出歌も同様で「人こそあるらし」と恋人の存在を思い描くが、しかし、それは事実ではないというのであろう。ただ掲出歌では、そのように惑わせたのは小侍従の歌の「荻の上風」とは違って橘の香り

であるとする。

「忍びに薫る」とは珍しい表現であるが、「忍びに」何々する、という言い方は、

時鳥声待つほどは遠からで忍びに鳴くを聞かぬなるらん（後撰集・夏・読人不知）

など、忍んで、ひっそりと、の意味で古歌に使われている。ここも橘がその香を隠すように薫る、ということであろう。「しのぶ」は昔を偲ぶ意として「橘」とともに、

昔をば花橘に偲びてん行末を知る袖の香もがな（続古今集・夏・土御門院《つちみかどいん》）

などと詠まれて、両者は常套的な結びつきであるが、掲出歌では「偲ぶ」意を橘の縁として持ちながら、「忍ぶ」意として用いている。「橘」と「忍ぶ」は香ではなく「色」と関わって、

我が恋を忍びかねてはあしひきの山橘の色に出でぬべし（古今集・恋三・紀友則）

などと古く詠まれていたもので、それがここで「香」と関わって再び現れたと言える。

「たそかれの宿」は『夫木抄《ふぼく》』に『現存六帖』の歌として挙げる、

夕顔の映る簾のひまもなく心にかかるたそかれの宿（卜部兼直《うらべかねなお》）

が見いだせるものの珍しい。「たそかれ」は人待つ頃で、だからこそ恋人の存在を仮想したのである。

このようにいくつか稀な表現があるものの、この歌の眼目が「(花)橘」であることは疑いなく、「(花)橘」に託された伝統的な観念が呼び起こした待つ女の切ない心を詠んだと言って間違いない。

「花橘」は『古今集』の

五月待つ花橘の香をかげば昔の人の袖の香ぞする（夏・読人不知）

によってその本意が決定したと言ってよい歌語で、人、それも特に回想の内での恋人を思い起こさせる香を詠むことが類型となっている。

時鳥花橘の香を求《と》めて鳴くは昔の人や恋しき（新古今集・夏・読人不知）

などはその類型を同じ季節に鳴く時鳥と結んで詠んだ例であり、

橘の匂ふあたりのうたたねは夢も昔の袖の香ぞする（新古今集・夏・藤原俊成卿女《しゅんぜいきょうのむすめ》）

は、昔の恋人の面影をその香の漂う中に見る心を詠んでいる。

掲出歌もこのような橘歌の一つとして位置づけられるものであるが、昔の回顧だけではなく、結局ははかなく終わったとしても、橘の香りに一時は期待に胸ときめかす恋の風情を漂わす恋歌となっている。

旅行

里のただ言ひ捨てし言の葉を
旅のすさびに語りてぞ行く

（春夢草）

【通釈】

村里の子が深い意味もなくただ言い捨てただけの言葉を旅の慰めに語りながら旅を続けることだ。

【鑑賞】

「里の子」は村里の子で、旅の途中で出会った子供ということであろう。和歌では『夫木抄《ふぼく》』中「里の子」の項に「後九条内大臣家百首」の一首として挙げられた次のものが早い例である。

淀川の入江の岸の柳陰繫ぐ小舟に《を》涼む里の子（藤原家隆《いえたか》）

以後、飛鳥井雅世《まさよ》に例がある他、正徹《しょうてつ》によって好まれた語で、正徹には、

山田刈る抜き穂網持ち里の子の心行くさまに帰る声々（草根集《そうこんしゅう》）

などいくつかの例歌がある。門弟の正広《しょうこう》にも多く、さらに周辺の連歌作者にも影響を与えたようで、

草刈笛を持てる里の子（顕証院会千句第七百韻・竜忠《たつただ》）

をはじめ、正徹以後の連歌に多く用いられている。肖柏の使用もこの流行下に位置づけられようか。

「ただ言ひ捨てし言の葉」も次の正徹の歌に見える表現である。

忘れじとただ言ひ捨てし言の葉を手に取り出だすならひなくして（草根集）

「旅のすさび」は珍しい。「語りてぞ行く」も和歌では管見に入らないが、連歌では『竹林抄』に、

旅のあはれを語りてぞ行く

という前句が見られる。このように、掲出歌は古歌にはあまり見えない語句を使用して、その点、室町風の歌と言えよう。

「里の子」が言い捨てた言葉とは、作者の質問に答えた言葉なのか、一方的に言い掛けた言葉なのかは分からないが、足を留めることもなく通りすがりに聞いた片言ということであろう。肖柏はその子供の田舎言葉に興趣を覚える、ということで、それによって都を離れた思いを新たにするのであろうが、この歌には旅のつらさの心情はあまり見えない。どちらかと言えば、田舎の子供が発した言葉を楽しむ気持ちを看取すべきであろうか。「語りてぞ行く」とあることから、肖柏は一人ではない。旅のつれづれ、旅の友との話題もなくなった折に聞いた里の子の言葉が、旅のよい慰めとなったというのである。

雨後初花

桜色にまだ染め果てぬ春の雨の
四方《よも》にいざよふ曙の空

（春夢草）

【通釈】

初花を桜色にまだ充分染めきっていない春の雨が空一面に漂うように降っている曙である。

【鑑賞】

「雨後初花」の歌題は珍しい。雨は花を散らすものとして詠まれるのが一般で、「雨後花」の題で詠まれた早い例である次の歌も「落花」が詠まれている。

今朝見ればやつれて根にぞ帰りける雨に打たれし花の姿は　（月詣《つきもうで》集・藤原隆季《たかすえ》）

それを「初花」と結んだのは雨を「花の父母」とする観念に近い。『連歌寄合《よりあい》』には「父母」の寄合として次のように述べ、『和漢朗詠集』「春」中の紀長谷雄《きのはせお》の漢詩句を引き、さらに藤原定家の『拾遺愚草員外』の歌を例歌としている（両者とも一部相違）。「飛鳥井雅俊」「卿内侍」の項参照。

花の雨を付くは、雨をば花の父母と詩歌に云ふ。「養ひ得ては花の父母たり」、是は雨の詩なり。

今日よりや木の芽も春の桜花親の勇《いさ》めの春雨ぞ降る

「桜色」は『古今集』に、

桜色に衣は深く染めて着む花の散りなむのちの形見に（春上・紀有朋《きのありとも》）

と詠まれて以来の歌語で、「衣」を「桜色」に染めると使われるのが一般である。それを掲出歌のように「雨」が初花を「桜色」に染めるとするのは珍しい。

桜色に四方の山風染めてけり衣の関の春の曙（拾遺愚草・藤原定家）

は「衣の関」の辺りを山風が桜色に染める様子を詠むが、「四方」「春」「曙」の語が使われており、肖柏に影響を与えたとも考えられる。また、

桜色に花咲く雨は降りぬとも千しほぞ染めて移ろふな袖（四季恋三首歌合・作者未詳）

は雨が桜色なのか、桜色の花を咲かせるというのか判然としないが、「雨」と「桜色」を結んだ歌例の一つである。

雨が「いさよふ」とする歌例も見当たらない。「いさよふ」は、進まないでとまりがちになる、ため

らうさまを意味する言葉であるが、掲出歌では「四方に」とあることからも、雨が霧か霞のように空全体に漂い降り迷うさまというのであろう。

掲出歌は先述したように、「春雨」が開花を促す、という観念を底にした歌であるが、春の夜明けの空に霞がかかるように降る春雨、その雨によって微かに桜色に染まった初花を詠んで、パステルカラーのような景の中に艶を感じさせる歌となっている。

忍恋

いかにせん更け行くままに月影の濡れて色添ふ片敷きの袖

（春夢草）

【通釈】

どうしたらよいだろう。夜が更けて行くにつれて、ひとり片敷く袖の上の月影が涙に濡れ、袖が紅の色に染まってくるのを。

【鑑賞】

「いかにせん」と詠み出す歌例は『後撰集』の

いかにせん小倉の山の郭公《ほととぎす》おぼつかなしと音《ね》をのみぞ鳴く（夏・藤原師尹《もろまさ》）

以来、極めて多い。「更け行くままに」も月が冴えるなど、さまざまな状況を伴って多く用いられてい

るが、

あぢきなく頼めぬ人を我待ちて更け行くままに嘆き添へつる（千五百番歌合・藤原忠良《ただよし》）

など、夕暮れ時に訪れるはずの恋人が期待を裏切る時刻になったことを表す語句としてもよく用いられた。

「月影の濡れて」については、このままでの歌例は見当たらないが、月影が濡れることを詠む例は多く、「袖」と結ばれたものも、

我が袖に宿るならひの悲しきは濡るる顔なる夜半《よは》の月影（拾玉集《しゅうぎょくしゅう》・慈円）

などと詠まれている。「袖」と結ばれて月影が濡れるとするのは、涙で袖が濡れたためにそこに映る月影が濡れて見え、さらにその月影に涙がこぼれるさまの表現で、

何となく昔恋しき我が袖の濡れたる上に宿る月影（風雅集・雑中・如願《にょがん》）

はその理屈をそのまま詠んだ例である。なお、肖柏には掲出歌に類似した表現を用いた次の歌がある。

月影も濡れてぞ宿る手枕《たまくら》の香取《かとり》の浦のしののめの空（春夢草《しゅんむそう》）

「色添ふ片敷きの袖」は先に「濡れて」とあることから、涙の色で袖が染まることをいう。「涙の色」は「紅涙」という漢語から生じた語で、悲しみの涙は血の涙であるということからの謂いである。袖がそのような涙の色で染まることは、

色に出でて恋すてふ名ぞ立ちぬべき涙に染むる袖の濃ければ（後撰集・恋一・読人不知）

など古くから詠まれている。また、涙が色添えるとした歌例には、

袖の浦寄する涙も色添へていとど千しほのあけのそほ舟（光明峰寺《こうみようぶじ》摂政家歌合・藤原基家《もといえ》）

がある。

「片敷きの袖」は独り寝で敷く自分の袖、の意で、

さ筵《むしろ》に衣片敷き今宵もや我を待つらむ宇治の橋姫（古今集・恋四・読人不知）

などの、「衣片敷く」という表現から作られた語である。「片敷きの袖」そのものは、『和泉式部集』に載る或る男の歌、

うち延《は》へて涙に敷きし片敷きの袖の氷ぞ今日は解けたる

が早い例の一つであろうか。以後、常套的に用いられることとなる。

掲出歌は、以上のように伝統的な語・趣向による「忍恋」の歌で、その点では新しみはないと言えるが、それぞれの常套語の組み合わせは絶妙で、調べもなだらかである。新古今風の妖艶な風情も漂い、肖柏の歌人としての力量が充分に発揮されていると言えよう。

（廣木）

宗長

【プロフィール】　そうちょう

文安五年（一四四八）〜享禄五年（一五三二）、八五歳。はじめ宗歓。長阿、柴屋軒とも。駿河国島田の鍛冶職、義助の子。連歌師。歌人。宗祇に師事。また、一休禅師に参禅する。定数歌に「詠五十首和歌」「詠廿首和歌」、連歌句集に『壁草』『那智籠』『老耳』、連歌論書に『永文』『三河下り』『幼童抄』『連歌比況集』、紀行文に『東路のつと』、日記に『宗長手記』『宗長日記』などがあり、『閑吟集』の編者にも擬されていた。

中江土佐、旅宿を訪ふ。飯米・薪《たきぎ》・雑事《ざふ》など取り具して、炉辺の閑談二夜。帰りて後、伝達せしなり。

八木《はちぼく》に薪雑事など取り具して
　旅寝の宵を酒の夜居《よゐ》夜居

（宗長手記）

【通釈】

旅寝をしている宿に、宵、米に薪や野菜などを取りそろえて持ってきてくれた。その人と共に二晩、酒を酌み交わし心地よく酔いながら過ごしたことだ。

【鑑賞】

宗長は京から駿河へ帰る途中、琵琶湖東岸、現在の守山市矢嶋にあった少林寺門外妙勝庵《みようしようあん》で年を越して四ヶ月ほど過ごした。この歌はその折のものである。「中江土佐」は近江の武将、中江員継《かずつぐ》。宗長と旧知で連歌好きであった。『宗長手記』の当該箇所より前にも、

中江土佐守古《ふる》知人、二、三里隔てあり。聞きつけて、炭十ヶかれこれ。「此の里は山遠くて、炭・薪売買もたやすからず。得難し」の音信《いんしん》、懇志《こんし》懇志。

とあり、員継が宗長の困窮を聞きつけて、炭をもたらしてくれたことに対する謝意が述べられている。「八木」は「はつぼく」とも。「米」の字を分解して言ったもの。「雑事」は飯のおかずにする野菜類をいう。「夜居」は一般には宿直の意であるが、ここでは夜、起きて過ごすことを言うのであろう。「夜居」を重ねたのは「閑談二夜」とあることの表現である。仮名遣いは違うが「酔ひ酔ひ」を掛ける。「旅寝」するはずの「宵」を酒に酔いながら二晩過ごしたというのである。

妙勝庵は宗長が来るまで荒れていて、「嵐も雪もたまるべくもなく」、ようやく「蘆《あし》の垣根、蘆を縁にし渡し」たが、「冬籠もりの構へ疎《おろそ》か」であったと記され、前引したように、日常生活にも困窮していた折の員継の来訪で、その喜びの込められた歌である。「八木」「雑事」「具す」という漢音が使われ、また「酔ひ」を掛けた「酒の夜居夜居」の結句など、俳諧体と言ってよい歌である。「取り具す」は

『源氏物語』宿木の巻で、

女の装束どもあまた領《くだり》に、細長どもも、ただあるに従ひて、ただなる絹・綾など取り具し給ふ。

と使われるなど散文で用いられてきた言葉で、歌語ではないことと共に、高価な「絹・綾」とは違って、「八木」「薪」「雑事」と言ったところにもくだけた感がある。

「米」の無心ということでは、『続草庵《ぞくそうあん》集』に見える次のような兼好《けんこう》と頓阿《とんあ》のやり取りが思い起こされる。

世の中静かならざりし頃、兼好がもとより、米《よね》賜へ、銭も欲し、といふことを沓冠《くつかぶ》りに置きて、

夜も涼し寝覚めの仮庵《かりほ》手枕《たまくら》も真袖も秋に隔てなき風

返し。米はなし、銭少し。

夜も憂しねたく我が背子果ては来ずなほざりにだにしばし訪ひませ

「沓冠り」ということで、兼好の歌では「よねたまへ」を各句の頭に上から詠み込み、「せにもなし」を各句の末に下から詠み込む。頓阿の返歌では同様に、「よねはなし」「せにすこし」を詠み込んで戯れたものである。

この両者のやり取りは掲出歌と内容、交友関係など類似しているが、兼好らの歌自体は和歌伝統の流れにあるものと言え、これに比べても宗長の歌の特異性が看取できる。

『宗長手記』『宗長日記』にはこのような俳諧歌とも呼ぶべき歌が多くある。それらは和歌史において注目すべき事柄で、同じ書に記録されている宗鑑《そうかん》の名も見える酬恩庵《しゅうおんあん》での俳諧連歌が俳諧史において特筆すべきものであることを思い起こさせるものである。掲出歌は、「炉辺閑談」という南北朝期以後、隠者風の生活への志向を伴って詠まれるようになった歌題を踏まえながら、宗長歌の持つ俳諧性が自在性、肩肘を張らない親密な感情の表出といった面に現れ、好感の持てる歌となり得ている。

山家霖雨《りんう》中、冷然。ここもとみな蝸屋《くわをく》のみ朋友にて

五月雨は岩の雫を舞ひ出づる
かたつぶりをぞ訪ふ人にする

（宗長日記）

【通釈】
五月雨が降る時は、岩の雫に誘われて這い出てくる蝸牛だけが私を訪ねてきてくれる。

【鑑賞】
宗長八三歳五月、自庵、現静岡県静岡市の丸子《まりこ》柴屋軒《さいおくけん》での歌である。この歌の直前には、

宇津《うつ》の山居、あまりに暗く心細きに、軒の楓の梢を切らせて、また薪《たきぎ》にも。
秋は染むる時雨し訪《と》はば蔦楓いかが答へん宇津の山賤《がつ》

とある。

「霖雨」は長雨。「冷然」は徒然《つれづれ》と同意。「蝸屋」は蝸牛。蝸牛は『本草綱目啓蒙《ほんぞうこうもくけいもう》』二八下「蝸牛」の項にも「天晴るる時は葉下に隠れ懸かり、雨降る時は出」とあるように、雨中、這い出るもので、その這い出た蝸牛を独居の自分を訪ねてくれたとしたのである。五月雨が降り続く日々、私を訪ねてくれる人は誰もいない。ただ蝸牛だけが、というのであるが、それを「五月雨」が「訪ふ人にする」と述べたところに表現の工夫がある。同時代の桜井基佐《もとすけ》の家集『基佐集』には、

仁和寺のほとりに親しき人の侍りけるが、ある時消息を遣《おこ》せるとて、「何とて久しく見えざるにや、この頃は霖雨によりて一しほ徒然《つれづれ》にて暮らしがたく侍る、今日明日のほどに越えさせ給へ」など書き遣《こ》しける、やがて立ち越え、しばらくここにありて、よろづそこはかとなく、事ども言ひ出でて遊びをりけるに、あるじ、五月雨を詠み侍りける

五月雨にふるやの軒の玉水はとくとくきてぞ老を訪ひける

という詞書のある歌があり、類似した状況が描かれている。

蝸牛が這い出ることを「舞ひ出づ」と詠んだのは、『梁塵秘抄《りょうじんひしょう》』に、

舞へ舞へ蝸牛　舞はぬものならば　馬の子や牛の子に蹴《く》ゑさせてん　踏み破《わ》らせてん　まことに美しく舞うたらば　華の園まで遊ばせせん

と謡われているように、蝸牛は舞うものとされていたことによる。少し後の土御門《つちみかど》天皇の歌にも、

家を捨てぬ心は同じ蝸牛たち舞ふべくも見えぬ世なれど（土御門御集）

と詠まれている。近世、異名として「まいまい」「まいまいつぶり」などと言うのはこのような認識によるものであろう。

五月雨に降り込められた山居で徒然をかこつ中、蝸牛の訪れに作者は心を和ませる。蝸牛を「訪ふ人」と人に見立てたところにはユーモアというよりも自然の中に溶け込んだ作者の生活が窺われる。なお、人でないものを「訪ふ人」とした和歌には、正親町忠季《おおぎまちただすえ》の

嵐をば訪ふ人にして柴の戸に答ふる松ぞあるじ顔なる　（延文《えんぶん》百首）

の例がある。

近世、一茶に、

我と来て遊べや親のない雀　（おらが春）

など動物と共にあることを詠んだ一連の作品があり、類似する点があるが、一茶の句には寓意がかいま見られるのに対して、宗長の方にはより澄んだ心境が詠まれているように感じられる。

銀杏《いちやう》の葉を拾はせて、人に遣《つか》はすとて

梓弓《あづさ》銀杏のもとの薄く濃き
　落葉を風に拾はせぞ遣る

（宗長日記）

【通釈】

銀杏の木の下に薄く濃く色づいた銀杏の葉が散り敷いているが、それを風に舞い上がらせ、拾わせて、人に贈ることだ。

【鑑賞】

宗長八四歳、丸子柴屋軒での初冬の歌である。「梓弓」は「い」を導く枕詞。ただし「銀杏」に掛かる歌例は他に見当たらない。「銀杏」そのものを詠み込んだ例も古歌になく、掲出歌がもっとも早い例かも知れない。漢音であるという認識が強かったからであろうか。その点、この歌は銀杏を印象的に詠

んだ与謝野晶子の歌、

金色の小さき鳥の形して銀杏散るなり夕日が丘に（恋衣）

の先駆といってもよいものである。

紅葉を「薄く濃く」といった歌例は、

いかなれば同じ時雨に紅葉する柞《ははそ》の森の薄く濃からん（後拾遺集・秋下・藤原頼宗《よりむね》）

など早くから見られるが、「落葉」を詠んだ例は他に見えない。

「もと」は「弓」の縁語。「梓弓」の語頭の「あ」、「銀杏」の「い」、「薄く」の「う」、「落葉」の「お」と、各句頭に五十音図ア行を詠み込んだ折句のようになっているが、「え」のないことから推察すれば意識的なものではなかったかも知れない。それも含めて、枕詞・縁語など伝統的な和歌の修辞が使われているものの気になるようなものではない。

「風に拾はせる」とは地に散り敷いた落葉を風によって舞い上がらせる様子をいうのであろう。葉を散らせた責任を風に取らせて拾わせるといった諧謔が込められているのであろうか。そのかすかなユーモアを含めて、ひとり草庵に住む老境の一日がしみじみと詠まれ、寂しさだけでなく、達観した境地での風雅さをも感じさせる。薄く濃く染まった銀杏の葉を贈られた者の破顔も目に見えるようである。

宗長はこの年の秋には、

丸子草庵、三十年に及び住み荒らし侍る。盂蘭盆《うらぼん》過ぎ、十六日よりとりこぼち、まことに竹を

柱、垣・壁には松の葉を付け、庭のかたはらに山畑を作らせ、大豆《まめ》・小豆《あづき》・鴨瓜《かもうり》など心地よげなり。田を掘り植え、やうやうほのめきわたる。少し山形をして、芝を付け、朝顔を這はせ、

萩盛りなるに、

おもしろく仮標《し》め囲ひいづくへも往《い》にたうもなし住みたうもなし（宗長日記）

と述べている。宗長最晩年のそれなりに充足した暮らしの一齣といったところであろうか。（廣木）

兼載

【プロフィール】　けんざい

享徳元年（一四五二）～永正七年（一五一〇）、五九歳。連歌師。歌人。北野連歌会所奉行・宗匠。会津国守護蘆名氏支流猪苗代氏。初め興俊、さらに宗春。相園坊、耕閑軒。連歌及び和歌を心敬に学ぶ。のち飛鳥井雅親・雅康につき和歌を学び、堯恵から古今伝授を受ける。家集に『閑塵集』、句集に『園塵』、連歌論書に『心敬僧都庭訓』『兼載雑談』『梅薫抄』『若草山』『景感道』、注釈書に『万葉集歌百首聞書』『古今私秘聞』『伊勢物語聞書』『新古今抜書』『自讃歌聞書』、追悼文に『あしたの雲』などがあり、准勅撰連歌集『新撰菟玖波集』撰進に関わる。

武田大膳大夫《だいぜんだいぶ》入道、人々伴ひて鞍馬山の花のもとにて歌の会侍りしに、花下樵夫

山人の陰に休みしほど見えて真柴《ましば》に残る花の白雪

（閑塵集《かんじんしゅう》）

【通釈】

山人が木陰にしばらく休んでいた様子が窺える。その山人が背負って来た柴に白雪のような花びらが降り積っているのを見ると。

【鑑賞】

「武田大膳大夫入道」は若狭国・安芸分郡守護、武田国信（一四三八〜一四九〇）。宗勲と号し、宗祇・飛鳥井雅親《まさちか》・雅康《まさやす》とも親交があった。『新撰菟玖波集《しんせんつくばしゅう》』に一一句入集。「花下樵夫」の歌題は他には管見に入らないが、寿永元年（一一八二）成立の『月詣集《つきもうで》』には「樵夫花尋」の題が見える。因に「樵夫《しょうふ》」はきこりのことで、「山人」と呼ばれた。これは『古今集』仮名序の大伴黒主《おおとものくろぬし》に対する歌評、「いはば、薪負へる山人の、花の陰に休めるがごとし」を踏まえての歌題であろう。掲出歌もこれを踏まえてのものである。

山人が薪を置くなどして、花の陰でひと時休むという趣向は、嘉吉《かきつ》三年（一四四三）の『前摂政家歌合《ぜんせつしょうけうたあわせ》』での、

心なき身こそつらけれ山人も花の陰には休らうものを（中納言局《ちゅうなごんのつぼね》）

や、正徹《しょうてつ》の

休まずよ思ひの薪担ひもて花の陰なき春の山人（草根集《そうこん》）

など一五世紀半ばに好んで詠まれている。「山人」はものの情趣など理解しない卑しき者だという認識を前提にして、そのような「山人」でも桜の花の美しさに足を止めて、わざわざ花の木の下で休む、というたところに、中世人の隠棲を願う気持ちに重ね合わせての美意識があったのであろう。連歌でも、

煙とならんことぞ悲しき
山人の薪に混じる花の枝（菟玖波集・雑一・円嘉《えんか》）

などと詠まれている。

また、世阿弥作かとされる「志賀」は黒主を主人公にした能で、そこには、

ワキ「**不思議やなこれなる山賤《がつ》を見れば、重かるべき薪になほ花の枝を折り添へ、休む所も花の陰なり。これは心ありて休むか、また薪の重さに休み候ふか**」

シテ「**仰せ畏《かしこ》まって承り候ひぬ。まづ薪に花を折ることは、〈道の辺《べ》のたよりの桜折り添へて薪や重き春の山人〉と歌人もご不審ありし上、今さら何と答へ申さん**」

という問答がある。黒主をめぐる逸話が中世後期に広く関心の持たれていたことがこのことでも分かろう。

兼載の掲出歌はこのような潮流の中で作られたものである。

「休みしほど」は休んでいた時間の程度をいう。「真柴」の「真」は美称で、山人が背負ってきた薪を指す。桜花が積もっていることから、山人がある程度の時間、花のもとにとどまっていたことを悟る、というのである。「休みし」と過去で表現されていることから、「山人」は「真柴」を残したまま、立ち去ってしまっているかにも理解できるが、どうであろうか。そうであれば、その理由は判然としないが、「山人」がいなくなったあと、「真柴」だけが花が散り掛かったままで残っているということになる。歌

題の「花下樵夫」の「樵夫」は実は眼前にいず、時空のかなたに存在するだけということで、天狗であった山人との花見を描く能「鞍馬天狗」の世界を髣髴とさせるが、それは考え過ぎかも知れない。いずれにせよ風流な山人を登場させており、「鞍馬山の花のもとにて」いう歌会の場に即した歌とは言える。

六月二十三夜、月を待つとて人々歌詠みしに、水辺夏月を

浮草も涼しき風に片寄りて
水さへ月を待つ今宵《こよひ》かな

（閑塵集）

【通釈】

水面を覆っていた浮草も涼しい風によって端に片寄り、広々とした水面が現れた。私だけでなく水さえも月影を映し出そうと月の出を待っている今宵であることだ。

【鑑賞】

「水辺夏月」の題は一二世紀半ば成立の『和歌一字抄』に見えるもののあまり詠まれていない。「浮草」は水面に浮かぶ草の総称であるが、水との縁で夏のものとして詠まれることが多く、『古今集』でも、

水の面《おも》に生ふる五月の浮草のうきことあれや根を絶えて来ぬ（雑下・凡河内躬恒《おおしこうちのみつね》）

と詠まれている。

なかなかに浮草茂る夏の池は月すまねども影ぞ涼しき

という『聞書集《ききがき》』中の西行の歌は、「浮草」が水面を覆ってしまい月影を映すことができないことを詠む。次の連歌の例も同様の状況を捻って詠んだものである。

ここにすむとは誰か知るべき

浮草をかき分けてみれば水の月（菟玖波集《つくばしゅう》・雑一・読人不知）

掲出歌はこのような一面に浮草が覆い尽くす池などの水面の景を詠み、そこに月影を待つとしたものである。「浮草」によって見えなくなった水面が再び現れるには、その「浮草」がなくなることが必要で、「涼しき風」はその役目を果たすものとして詠まれている。「浮草」は根なし草であるがゆえに、風によって吹かれ「片寄る」ことは容易に思いつくことで、類型的な趣向ではある。次の『夫木抄《ふぼく》』の歌もその類型を踏まえ、そのことで大きく広がった水面に月影が映る、としたものである。

風吹けば水錆《みさび》浮草片寄りて月になりゆく広沢の池（雑五・藤原季景《すえかげ》）

この歌は掲出歌に類似し、直接影響を与えたとも思われるものであるが、掲出歌は「水」そのものが「月」を待つとした表現が新鮮で、そのことによって、今か今かと広々とした池などを眺めながら「月」の出を待つ作者の心境がよく表現されている。詞書に「六月二十三夜」とあることから、月の出も遅く、

今まで暑かった日も今宵になって「涼しい風」が吹き、それによって水面も現れ、というのであるが、「涼しき風」は、

常《とことは》に吹く夕暮れの風なれど秋立つ日こそ涼しかりけれ（金葉集・秋・藤原公実《きんざね》）

などと詠まれるように、秋風を意味すると考えられ、掲出歌も立秋の頃の歌として相応しい。夏の浮草も秋を感じさせる風によって吹き寄せられて、広々とした池は今宵、美しい秋の月の出を待つ、というのである。

岩城にて、山夕立

あとはまた緑も涼し夕立の
雲の波越す末の松山

（閑塵集）

【通釈】

夕立を降らせる雲が波のように末の松山を越えて行く。その雲の降らした夕立のあとは木々の緑も涼しく見えることだ。

【鑑賞】

「山夕立」の題は元亨三年（一三二三）の『亀山殿百首』に見えるもののあまり詠まれていない。兼載は文亀二年（一五〇二）頃、岩城に草庵を結んでいたことが知られ、掲出歌はその時期の歌と考えられる。

「末の松山」は現宮城県多賀城市にあったという山。この歌枕を詠んだ歌には、『古今集』に、

浦近く降りくる雪は白波の末の松山越すかとぞ見る（冬・藤原興風《おきかぜ》）

君をおきてあだし心を我が持たば末の松山波も越えなむ（東歌《あずまうた》）

の二首があり、以後、四季の景の歌の系譜と裏切りの心があるかないかという恋の歌の系譜の二種類の立場から詠まれ続けてきたが、いずれも「末の松山」を波が越す、という常套的となった言い回しを基本としてのものである。掲出歌もその表現を利用したもので、二系統のうちの景の方の分類に入る歌である。

また、「末の松山」を波が越すことは実際にありえないことから、先の『古今集』歌や、『新古今集』の

老の波越えける身こそあはれなれ今年も今は末の松山（冬・寂蓮《じゃくれん》）

など「波」を何かの見立てとすることも多い。「雲の波」とした例は少ないものの同時代の歌に、

秋風に雲の波越すあとよりも月澄み昇る末の松山（為広集《ためひろしゅう》）

があり、「夕立」の雲が、とした例には、

吹き送る浦風涼し夕立の雲も越え行く末の松山（頓阿百首《とんあひゃくしゅ》）

がある。後者の頓阿の歌は趣向が類似していて影響関係を推察できるが、ただし、掲出歌は頓阿の歌と違って、「夕立」の「あと」の山全体が涼しさに包まれる様子を詠んでいて、それを「緑も涼し」とし

たところに夏の夕方のすがすがしさが表現されている。「緑」の色を「涼しい」と感じることは、

早苗取る田面《たのも》の水の浅緑涼しき色に山風ぞ吹く（風雅集・夏・中山忠定《ただざだ》）

のように中世後期に見出したことで、掲出歌もこのような新しい感覚を詠み込んだと言える。この「緑」に「夕立」の「涼しさ」を結んだ歌例には、

雲間より山の緑は現れて晴るるも涼し夕立の空（頓阿百首）

雨よりも涼しかりけり夕立の雲の外《ほか》なる山の緑は（雪玉集《せつぎよく》・三条西実隆《さんじようにしさねたか》）

などがあり、その点からは掲出歌も類型的な趣向の歌と言えよう。ただ、そのような趣向に、これも類型的であるが、「末の松山」を波が越す、という趣向を取り合わせたところに工夫がある。兼載にとって作歌とは、これまでに多く詠まれてきた趣向をいかに組み合わせるかにあったということなのであろう。

初春の頃、鞍馬山に肖柏《しようはく》上人、武田大膳大夫入道、そのほかあまた参詣の事侍りしに申しつかはしける

若草に心とどめて故郷を
思ひ忘るな春の旅人

（閑塵集）

【通釈】

若草に心を留めて故郷のことを忘れてしまうな。春に旅する人よ。

【鑑賞】

「初春」とあることから、先に挙げた「山人の」の歌の詠まれた歌会とは別の折のものであろう。「肖柏上人」は「肖柏」の項参照。

「若草に心とどめて」は「とどむ」の主体は相違するが『拾遺集』の

若草にとどめもあへぬ駒よりも懐《なつ》けわびぬる人の心か（恋四・読人不知）

を踏まえての表現であろう。「若草」は馬の好んで食べるもので、この『拾遺集』歌はその「若草」でさえも引きとどめることのできない荒馬を詠むが、掲出歌ではそこで詠まれた「駒」を「春の旅人」に取りなした。「春の旅人」の語句は『源氏物語』椎本の巻の歌、

かざし折る花のたよりに山賤《がつ》の垣根を過ぎぬ春の旅人

に見え、特に、中世好まれて詠まれるようになった。『源氏物語』と同様に「花」と結んだ歌例も散見される。惟宗光吉《これむねのみつよし》の、

月ならばなほ暁も行くべきに花にぞ止まる春の旅人（光吉集）

などはその典型的な詠みぶりの例である。

ただし、掲出歌はそのような伝統とは相違して、先に指摘した「若草」と「駒」との縁を踏まえて、「春の旅人」が「若草」に「心とどめ」ると詠む。「初春の頃、鞍馬山」にいる人々に宛てた歌としてふさわしい内容と言えようか。「若草」を「駒」に食ませ、「花」を見るという歌に、

若草に駒引き留めて故郷の花の盛りを見ても行かなむ（重之子僧《しげゆきのこそう》集）

があり、掲出歌の趣向を生み出す背景が窺われる。

また、「若草」は『伊勢物語』四九段に、

うら若み寝よげに見ゆる若草を人の結ばむことをしぞ思ふ

などと詠まれているように、若い女性を譬えることも多く、掲出歌でもその意味で解釈できないこともないが、純粋に若草の覆う春の山野の魅力を詠んだものと解するだけでよいと思う。

（廣木）

桜井基佐

【プロフィール】　さくらいもとすけ

生没年未詳。永正六年（一五〇九）までは生存。歌人。連歌師。法号、永仙。和歌を正徹に学ぶ。また、連歌を心敬に学ぶか。『新撰菟玖波集』に入集を果たせず、「足なくて登りかねたる筑波山和歌の道には達者なれども」とその編纂の内実を揶揄した歌を残したと伝えられている。この言い伝えからも推察できるように俳諧味を帯びた歌に特色があり、『新撰菟玖波集』時代の俳諧勃興期の歌人・連歌師として重要な人物である。家集に『基佐集』、連歌集に『連歌』と題された一書（平松文庫蔵）がある。

河辺納涼

白波の流れも涼し河水に
鰭《ひれ》振る魚の遊ぶゆたけさ

（基佐集）

【通釈】

白波を立てて流れる河も涼しげに見える。その河の水の中では鰭を振って魚がゆったりと遊んでいる。

【鑑賞】

「河辺納涼」の歌題は俊恵《しゅんえ》に、

若鮎釣る玉島河の柳陰夕風立ちぬしばし帰らじ（万代集《まんだいしゅう》）

と詠まれているのが早い例である。この俊恵の歌は歌題に即して河辺の涼しさが主題となっており、「若鮎」は中心的素材ではないが、掲出歌は下句になって魚に焦点が定められ、「納涼」の題から少しずれ、当時の題詠歌の特色を示している。

「白波」は見た目も涼しく感じられるものであるが、風と共に詠まれることが多く、白波そのものを涼しいと詠んだ例は、

たち帰り明日も来て見む石間《いはま》行く音も涼しき水の白波（草庵集《そうあんしゅう》・頓阿《とんあ》）

などあるものの少ない。また、この頓阿の歌にもあるように、白波は見た目だけではなく、音も涼しさを感じさせるもので、掲出歌でもおのずから、白波を立てて流れる水音が看取できる。

魚が「遊ぶ」と詠む歌例は少ないが、『和漢朗詠集』に、

岸竹条低《えだた》れり鳥の宿するなるべし、潭荷《たんか》葉動く是れ魚の遊ぶなり（蓮・紀在昌《ありまさ》）

とあり、この詩句を踏まえた歌に、

蓮葉《はちすば》の下にや魚の遊ぶらん上なる露の玉ぞこぼるる（久安《きゅうあん》百首・藤原実清《さねきよ》）

がある。もともと「遊魚」などという漢語からきた言葉と思われ、一二世紀前半成立の『詩序集』にも、

遊魚閑《しづ》かに曲池《きよくち》の浪に戯《あそ》ぶ（藤原忠理《ただのり》「林園落葉軽詩序」）

と見える。

「鰭振る魚」の魚の種類は明らかではないが、先の俊恵の歌例などを参考にすれば夏の魚である鮎などが考えられよう。「ゆたけさ」とはその魚の動きであるが、そのような魚の泳ぐ河のあたり全体の趣でもある。白波、魚の泳ぐ様子が見えるほど澄んだ河水、そこにゆったりと遊ぶ魚、それらが相俟って俗塵を離れた清涼感を醸し出している。

軒荻

我が庵の軒の寝覚めに荻の葉の
ややと起こして訪《と》ふかとぞ聞く

（基佐集）

【通釈】

自分の庵の軒端近く寝ている私が目覚め掛けていると、軒端の荻の葉が「やや」と音を立てて私を起こし、恋人は訪ねてきたかと聞くことだ。

【鑑賞】

「軒荻」の歌題は『白河殿七百首』に、

契りおく軒端の荻のたよりにも頼みがたしや露の託言《かごと》は（二条為氏）

と見えるのが早い。この例のように、歌の中で「軒荻」は「軒端の荻」と詠まれるのが一般であり、掲

出歌のようにただ「軒」とした例は珍しい。実際に、

植ゑ置きし軒端の荻を吹く風に誰が咎《とが》ならぬものぞ悲しき（新拾遺集・雑上・覚誉《かくよ》法親王）

とあるように「荻」は「軒端」に植えられているからであろう。

「軒の寝覚め」という言葉続きは解釈が困難であるが、軒端近くで寝ていた私を軒端の荻が、という文脈で捉えるのがよいと思われる。「寝覚め」はその時の作者の状況を示しており、自分の庵で目覚め掛かっていると、の意であろう。

「荻の葉」は、

荻の葉に言問ふ人もなきものを来る秋ごとにそよと答ふる（詞花集・秋・敦輔王《あつすけのおおきみ》）

などのように、秋風によって「そよ」と音を立てて、相づちを打ってくれるものとして詠まれ、また、

秋風の吹くにつけても訪はぬかな荻の葉ならば音はしてまし（後撰集・恋四・中務《なかつかさ》）

とあるように、荻の葉ならば音を立てて訪れてくれる、とするのが類型的な詠み方である。

荻吹く風の音によって寝覚めすることも、

夕暮れは荻吹く風の音まさる今はたいかに寝覚めせられむ（新古今集・秋上・具平《ともひら》親王）

待ちかねて夢に見ゆやとまどろめば寝覚めすすむる荻の上風《うはかぜ》（山家《さんか》集・西行）

などと詠まれている。

掲出歌ではその荻の葉が「そよ」とではなく、「やや」と音（声）を立てて私を起こし、「私は知らな

いが、恋人はあなたを訪ねてきたか」と聞くというのである。「やや」は、

「やや」と言へど、答《いら》へもせで、逃げて家に来て思ひをるに、（大和物語・一五六段）

などとあるように、呼びかけの感動詞で、

梓弓押し引きしつつ夜もすがらややと言へどもいる人もなし（定頼集《さだよりしゅう》）

などの歌例はあるものの歌語として使われることは稀な語である。ここでは、その俗語を使って、元来、答える側である荻の葉が逆に尋ねるとしたところに工夫がある。

ただし、このような趣向は、

夕されば荻の上葉に吹く風も待たるる人の訪ふかとぞ聞く（菊葉集・恋二・今出川公行《いまでがわきんゆき》）

にも見えるので基佐の独創ではなかったかも知れない。そうであれば、その逆転の発想を、歌語として古くから使われてきた「そよ」に対して、「やや」という語を詠み込んで表現し、歌に生気をもたらしたところに俳諧的な新鮮味を感じとるべきであろう。

春田

賤《しづ》の男《を》が堅き山田の一返《ひとかへ》し
力入れんと休む鋤《すき》の柄《え》

（基佐集）

【通釈】

卑しい男が堅い山田に一鋤入れて掘り返し、再び鋤に力を入れようと鋤の柄に身体を預けて休んでいることだ。

【鑑賞】

「賤の男」が「山田」をすき返すことは、

賤の男が返へしもやらぬ小山田《を》にさのみはいかが種を貸すべき（月詣《つきもうで》集・藤原季経《すえつね》）

など、古歌に好まれた情景である。このような「賤の男」は情趣を解さない者であるということを前提

として、それにも関わらず、

桜咲く山田を作る賤の男は返す返すや花を見るらん（金葉集・春・高階経成《たかしなつねしげ》）

などと花の賞翫に取り合わされたり、また、その卑賤であるという認識から、

さてもなほ賤の小山田うち返し思ひ定めぬ身の行方かな（続後撰集・雑中・源有長）

などとその身のつたなさが詠まれてきた。歌人にとって「賤の男」は自分自身とはかけ離れた存在であり、だからこそ興味を引くものとして、観念の中で造型されてきたと言ってよいのであろう。そのような中で、正徹《しょうてつ》の

土堅き春の荒田の一返し苦しき賤が初めとぞ見る（草根集《そうこんしゅう》）

はそれまでの類型から幾分抜け出していて、その作業が具体的に示され、「田の一返し」の語句の類似も含めて、掲出歌の先蹤となっている。

先に挙げたように、賤の男が田を返すことを詠む歌例は多いが、「鋤」そのものを詠み込んだ歌は少ない。

この頃の賤が田返す唐《から》鋤のうしと思ふも力なの世や（土御門《つちみかど》院御集）

は珍しい例であるが、この歌も類型的な観念から抜け出ていない。それに比べ、掲出歌は身体を預けて休む「鋤の柄」が実体を感じさせるように描かれ、歌全体に具体性を与えている。「鋤の柄」を詠み込んだこの下句は印象的で、一旦力を抜く「賤の男」の身体つき、息づかい、再び力を込めようとする一

瞬が生き生きと活写され、彫像を見るような趣を与えている。

「賤の男」はみすぼらしい着物をまとった、やせ細った者であろうか、もしくは貧しくとも筋肉の隆々とした金剛力士のような若者であろうか。恐らく実際は前者で、農作業の厳しさに耐えるように、無い力を振り絞るために、一時鋤に寄り掛かっている貧しい男、と読むべきなのかも知れないが、この歌をそのような当時の実態から切り離してみると、農作の時期を迎えた春の喜びも感じられ、「力入れんと」という口吻からは農耕に従事する健全な力、自信が感じ取れる気もする。

俳諧が伝統的本意とは別のところ、もしくは、それを突き破ったところに成立したものとするならば、掲出歌にもそのような俳諧性が垣間見えると言えよう。そうであれば「賤の男」は新しい価値を付加されたもの、新時代の担い手としての人物像とも見えてくる。

（廣木）

荒木田守武

【プロフィール】　あらきだもりたけ

文明五年（一四七三）～天文一八年（一五四九）、七七歳。伊勢神宮内宮禰宜。歌人、連歌作家。和歌を三条西実隆に、連歌を宗祇に師事したか。家集に『（守武）法楽千首』『世中百首』、連歌に『法楽発句集』、独吟『俳諧之連歌（守武千句・飛梅千句）』『秋津州千句』、和歌と艶笑小話などを合わせた書に『守武随筆』などがある。『新撰菟玖波集』に一句入集。伊勢歌壇で中心的役割を果たしたが、特にその『俳諧之連歌』は重要で、後の俳諧形成に大きな影響を与えた。

野子日

曇りなき子《ね》の日の影にうち出づる
野辺に心も揺《ゆ》らく空かな

（法楽《ほうらく》千首）

【通釈】
曇りなく陽の射す初子《はつね》の日、野辺に出てみると心もゆったりとし、命も延びるような気のする空が広がっていることだ。

【鑑賞】

「子の日」は正月の初子の日。その日に不老長寿を願って野に出て小松を引き、若菜を摘む行事が行われる。「子日」の歌題は一〇世紀初頭の『宇多院歌合《うだ》』にあるが、「野子日」は一三〇〇年前後に活躍した藤原為理《ためのり》の家集に見える他、室町期にいくつかの例がある程度である。子の日は野に出る行事であるから、「野」と結ばれるのは奇異なことではないが、「子日」だけだと小松が歌材に取り上げられることが多く、したがってこの歌題は、特に「野」に着目することが期待された題だと言える。

「子の日の影」は子の日に射す日光、の意。それが「曇りなき」というのは、晴れ渡っているということであると同時に、御代が正しく行われていることをも暗示するのであろう。例えば、『宝治百首』中の二条資季《すけすえ》の歌に、

曇りなき日影を見ても君が経《へ》ん八百万代《やほよろづよ》を空に知るかな

と詠まれるごときである。

「うち出づる」の「うち」は接頭語であるが、広々とした所へ出る感を催させる。「野」に「うち出づ」と詠む歌例も少ないが、「野辺」と続けた歌例はさらに珍しく、三条西実隆《さんじようにしさねたか》に、

身にとまる紅葉も花も消えぬべしうち出づる野辺の今朝の初雪（雪玉集《せつぎよく》）

など二首が管見に入る程度であり、影響関係が認められるか。

「揺らく」は、元来、玉が触れ合って音を立てる、意であるが、「揺らく玉の緒《を》」と使われて、『俊頼《としより》髄脳《ずいのう》』では「〈ゆらく〉はしばらくといへる言葉なり。〈玉の緒〉とは命といへることなり。(略) しばしの命なむ延びぬると詠めるなり」と説明されている。『新古今集』にも再録された『万葉集』歌、

初春の初子の今日の玉ばはき手に取るからに揺らく玉の緒 (巻二〇・大伴家持)

はその例である。掲出歌はこの歌が根底にあると考えられ、「心も揺らく」は命が延びるようだ、という意として解釈できるが、「心」とあることから、ゆったりとたゆたう、という気分も言い表すのであろう。「心」が「ゆらく」と詠む歌例には、

月見れば心ぞゆらく玉の緒の永かれとしも身には思はで (持為集《もちためしゅう》)

などと、「玉の緒」と結んで詠まれたものが室町中期に僅かに見られるが、それらは長寿の意と解すことができるものである。ただし、同時代の連歌例には「玉」と結ばずに、

心も揺らく永き日の影 (河越千句第五百韻・鎌田満助)

など、「心」とのみ取り合わせて詠む例が多く見られ、こちらは気分的な内容をも言い表していると考えられる。掲出歌はそのような例の一つとしてよい。つまり、「ゆらく」は元来の命が延びる、という意義に、ゆったりとする、という気分をも言い表すようになったと思われ、掲出歌も両義を汲み取って、初春の曇りなき日のもとで心もゆったりとして、命も延びる心地がする、と読み取れよう。

子の日の行事を詠み、御代を寿ぎ、長寿を願うという賀歌と言ってもよい歌であるが、単にそれだけ

に終わらずに、気持ちのよい初春の野に出たうきうきとした気分が、「うち出づる野辺」また「心も揺らく空」という口吻に表れており、現代のピクニック気分をも髣髴とさせる歌となっている。

古寺花

こもりくの初瀬《はつせ》の檜原《ひばら》暮れ行けば
桜に残る入相《いりあひ》の鐘

（法楽千首）

【通釈】

山々の中に籠もったような初瀬の檜原は今暮れて行くが、桜の咲く辺りには夕日の明るさと夕べの鐘の響きがしばらく残っていることだ。

【鑑賞】

「古寺花」の題は建仁元年（一二〇一）の『仙洞《せんとう》句題五十首』以降、中世を通して多く見られる。この『仙洞句題五十首』でも「古寺花」題の六首中四首に「初瀬」が詠まれており、「初瀬」の古寺を詠むことが類型となっている。

「こもりくの」は「初瀬」に掛かる枕詞。山々に囲まれて籠もっているかのような地形から来る枕詞と思われ、「古寺」に相応しい言葉と言えよう。

「檜原」は檜の生えている原。『万葉集』に、

御諸《みもろ》つく三輪山見ればこもりくの初瀬の檜原思ほゆるかも（巻七・作者未詳）

と詠まれて以来、初瀬の景として詠み続けられてきた。さらに、この「初瀬の檜原」の夕暮れ時は『最勝四天王院和歌』の慈円《じえん》の歌に、

雪曇る初瀬の檜原あはれなり鐘よりほかに夕暮れの空

と詠まれるなど、まさに「こもりくの初瀬」に相応しい時間だと捉えられてもきた。「鐘」の音も詠み込んだこの慈円の歌は、古寺の存在を暗示し、典型的な初瀬の景を詠出している。

また、「初瀬」の「桜」（花）も、

天の川雲のしがらみ越えにけり花散り積もる小初瀬《を》の山（江帥《ごうのそち》集・大江匡房《まさふさ》）

など、古くから詠まれてきたものである。「桜に残る入相の鐘」とは、「桜」の咲くところに「鐘」の音がしばらく残っているということであろうが、桜の花が白いことから、その花の辺りが最後まで暮れなずむさまが、

しばしなほ花の所は暮れやらで桜に残る夕づく日かな（文保百首・六条有忠）

などと詠まれており、掲出歌も、「入相」つまり夕暮れ時の明るさが桜の花の辺りに残るという景を言

い表しているとも考えられる。

以上、「古寺花」の題から想起される「初瀬」の景を、類型を踏まえながら詠んだ作であるが、言葉の流れに無理がなく、特に下句の表現は美しく印象的である。

改めて何とかあらん少々《せうせう》は知らず顔して送れ世の中

（世中《よのなか》百首）

【通釈】

そのうちに改められて何とかなるであろう。しばらく、少々のことは見て見ぬふりでこの世の中を送りなさい。

【鑑賞】

大永五年（一五二五）九月夜、五四歳の時に、『世中百首』として詠んだ教訓歌の一首。世の中の親に孝ある人はただ何につけても頼もしきかなから始まり、

天照らす神の教へを背《そ》かずは人は世の中富貴繁盛《ふっきはんじやう》

で終わる。掲出歌はその中で、人の世の機微を吐露したようなもので、他の歌と比べてより狂歌・俳諧歌の趣きがある。誰しもが心で感じているようなことを詠んでいて、苦笑させられる。

一般的に和歌で「世の中」は、

世の中の憂きたびごとに身を投げば深き谷こそ浅くなりなめ（古今集・雑体・読人不知）

などと詠まれるように、はかなく、憂きもので、頼みにならないものとして詠まれ続けてきた。それを俗人の身丈に合った俗世として、馴れ合うような口吻で詠むところに、狂歌の狂歌たる由縁が感じられる。「知らず顔」も、

恨むれど恋ふれど君が世とともに知らず顔にてつれなかるらん（後撰集・恋六・読人不知）

などと古歌にも詠まれてきた言葉であるが、「知らず顔して送れ」と諭すあたりもまさに狂歌的な口吻である。「少々」も和語ではなく、歌語とは認められないものである。

以上のように、和歌の伝統から外れた歌であるが、しかし、和歌史上にこのような戯れ歌ともいうべきものが、『万葉集』以来、絶えず存在したことも忘れてはならないであろう。特に、掲出歌のような教訓歌・道歌と呼ばれるものは、『宗祇《そうぎ》教訓和歌』『多胡辰敬《たごときたか》教訓』など、室町期に多く詠まれるようになった。一例を挙げれば、

父母は敬ひてなほ畏《おそ》るべしさて懇《ねんご》ろに当たり扱へ（西明寺殿《さいみやうじどの》御歌・北条時頼《ときより》）

などのようである。『世中百首』もその一つで、時代を反映していると言ってしまえばそれまでである

が、内容と言い、世俗的な言葉、言い回しなど、後に俳諧の祖として称揚された守武に相応しい作品と言えるであろう。

（廣木）

豊原統秋

【プロフィール】　とよはらむねあき

宝徳二年（一四五〇）～大永四年（一五二四）、七五歳。治秋男。楽道家、笙の名手。筑後守。後柏原天皇の笙師範。雅楽頭。和歌を三条西実隆に学び、宗長らと親しかった。楽書『体源抄』、歌集『松下抄』。

笛竹のよよの調べはかはらねど
昔に越えぬ道をしぞ思ふ

（再昌草《さいしょうそう》）

【通釈】

笛竹の調べ自体は代々変わらないけれども、歴代の先人たちの音色に到底及ばない、この道の奥深さをしみじみ思うことだ。

【鑑賞】

三条西実隆《さんじようにしさねたか》が統秋に対して詠んだ、

雲井《くもゐ》までききこえあげける笛竹の世々に越えぬる道をしぞ思ふ

という歌に対する返歌。実隆の歌は、はるか雲の上にまで響き渡るほどすばらしいあなたの笛の音は、歴代の先人たちの技量を越えたものですねという賞賛の意がこめられている。この「雲井」には宮中の意味がきかせてある。と言うのも、この贈答の直前には、

十一日、御笙《しやう》の御稽古はじめに、統秋はじめてまゐりて、つとめて、かれがもとより、

かかる瀬もありける物を中たゆる身をうぢ橋と思ひこしかな

返事

中たえし程こそあらめうぢ橋のかかるうれしき瀬をのみぞみん

との贈答があり、これは統秋が初めて笙師範として後柏原天皇のもとに伺候した際のものなのである。この「十一日」は、文亀二年（一五〇二）二月のこと。冒頭に掲出した歌の贈答も、それからさほど時を経ずして交わされたものと推測される。

「笛竹」は竹で作った笛。『後撰集』に、

一節に怨《うら》みな果てそ笛竹の声の内にも思ふ心あり（雑二・読人不知）

との用例がある。

技巧としては、「よよ」に「代々」と「節々」が掛けられ、「笛」「節」が縁語となる。

統秋には、

笛竹のただひとふしの声のうちによよの調べはありとしらなむ（松下抄）

との詠もある。ここでは、自分の笛のわずかな音色にも先人たちの調べがこもっているということを世の人々に感じ取ってほしいと詠む。掲出歌は先人たちに及ばないことへの嘆きのようなものが歌われているわけだが、こちらはむしろ先人たちと一体になっているという安堵感が歌われる。どちらも本当の気持ちなのだろう。

（鈴木）

●解説

室町時代の歌

混沌の時代の和歌文芸

林達也

〈地方の活性化〉

応仁の乱後の百年、一五世紀半ばから一六世紀半ばへかけての時代は、政治社会的にも文化的にも混沌という名がふさわしい時期と言えよう。

『公卿補任《くぎようぶにん》』享禄二年（一五二九）を見ると、「在国」という注記が目につく。この年の散位には三二名が名を連ねているが、そのうちの九名が何らかの形で「在国」であり、職務を持つ公卿にも二名に「在国」の注記がある。実数はおそらくこれを上回るのであろう。要するに、都にいては食えない貴族がかなり存在し、彼等は、所領地あるいは伝手のある土地に逃れていた、つまりは都落ちをしていたということになる。応仁の乱後、小康状態を保っていた都も、弱体化した足利将軍をめぐる大内・細川等の攻防にあわただしい事態になることがしばしばであり、公家も居所定まらぬ状況が続き、都落ちをすることもまた常態になっていたようである。たとえば、環翠軒清原宣賢《きよはらのぶかた》は二月に出家致仕して越前に赴き、天文一九年（一五五〇）七六歳、一乗谷で没するまで越前ないしその周辺に活動の場を置いていたのである。一五世紀の半ば以降、地方へ下る貴族は少なくなかった。宗祇《そうぎ》の例をとりあげるまでもなく、連歌師は地方を精力的にへめぐっており、彼等の足跡は東国から九州に至るまでに及んでいる。

一方においてこの時期、足利将軍家の集約力の減退に応じて幕府の地方統治は壊滅状態を呈しつつあり、応仁の乱後、各地の地方大名は、それぞれに領国内を統治する法体制や国内組織を整え、産業振興策を打ち出して、経済的に豊かになってゆく。

地方大名の富が、知識をもつ貴族、流行文芸の担い手連歌師と結びつき、地方文化の興隆に拍車がかかることになる。都の周縁に新たな核が出来、そこを中心に文芸のみならず、立花・茶道・猿楽・作庭を含めた文化の輪が広がるという新たな状況の出現である。

〈中央の和歌活動〉

中央においても、あわただしい都の状況にもかかわらず、和歌に関わる活動は衰えるところがない。『実隆公記《さねたかこうき》』は応仁の乱の戦塵おさまりきらぬ文明六年（一四七四）に始まっており、その正月二八日、禁裏では続歌《つぎうた》三〇首が行われたことが記されている。以降、頻繁に和歌関係の記事を『実隆公記』に見ることが出来る。二八日の記事にも記される甘露寺親長《かんろじちかなが》が中心となって禁中歌会の再興がはかられ、その結果後世言うところの「三玉集」の時代が訪れることになる。また政治的には衰えを見せる将軍家も、和歌には熱心であり、たとえば、果たすことは出来なかったが、足利義政も勅撰集を企図しており、義尚《よしひさ》も貴族を巻き込んだ撰集作業に手をつけている。そして公武合体の歌会もしばしば行われている。

応仁の乱後の百年、あらあら見ても上のような和歌を取り巻く状況がある。こうした状況と「和歌」はどのように関わるのか関わらないのか。関わるとしたらそれは和歌文芸全体に渡る問題として捉え得るのか、あるいは個的な問題にとどまるのか。関わらないとすれば、それは和歌文芸のどのような面に根ざすことなのか。

〈和歌史内部の問題〉

外在的な時代状況との力関係にとどまらず内在的な力関係が和歌に及ぼすところも考えておかなければならない。たとえば、連歌との関わりである。三条西実隆《さんじょうにしさねたか》に古今相伝を伝授し、この百年の中核となり、あるいはそれ以降にも通奏低音のような存在でありつづける宗祇は正にハイブリッド文化人であった。二条家流の物言いでは和歌と連歌は別物であることを言い立てるが、歌人のスタンスに立つ者が連歌の場に座し、連歌師が歌会に臨むことが日常的であったことを踏まえれば、それぞれの詠作の現場においてそれぞれの発想・言語が交錯したことは容易に想像がつく。いったいこの時代の連歌と和歌の関係の具体的な様相は如何であったのか。

あるいはまた、当代の和歌世界は二条家流一色の印象があり、その二条家流はほんのわずか後に「何の手もなく聞きやすき」を旨とするという洗練された方向へ統括されてゆくわけだが、所謂「三玉集」に代表されるこの時代の詠歌の実状は如何なるものであったのか。あるいは、同じくほんのわずか後の時代に、二条家流によって規範から最も外れたところに位置する歌風として退けられる、しかしほんの少し前の時代に群を抜いて旺盛な作歌活動をし、当代の多くの歌人との交わりもある正徹《しょうてつ》はこの時代にどのような影を落としていたのか。

私たちはこうした諸問題を見渡し検討する機会がほしいと思った。私たちとは、中世連歌・中世後期から近世和歌・近世和歌それぞれを中心として考えてきた三人である。そして本書に掲げた歌々は、そのような問題意識に基づいて選ばれたものである。

◉あとがき

林達也

　鈴木をコーディネーターとし、廣木・林の三人で応仁の乱以降の和歌を主たる対象とする研究会を構成したのが平成一二年の冬である。以来、着実・地道に研究会を続けてきたと言いたいところだが、一人後れを取り、遅々とした歩みにしたのが林であった。ともあれ、研究会においては、応仁の乱以降から天正期に至る間の中心的な公家・武士・僧侶の歌人・連歌師の歌、歴史的な流れ（和歌史・時代状況）の中において有徴と思われる歌をそれぞれが担当し、報告して相互に忌憚のない意見交換を行った。この過程は大変に楽しく、個人的に言えば、それぞれの通常の研究の立場の違いが自ずと報告に現れることが何よりも面白かったが、しかしそれは、面白いというだけではなく、多面的な検討・思考への道を開いたとも思っている。

　この研究会の成果を公にすることにしたのは、この時期の和歌についての研究書は井上宗雄氏・伊藤敬氏等充実したものが備わるが、和歌の読みそのものを核とする書の少ないことであった。私たちを満足させてくれるアンソロジーもない状況である。わずかに、新日本古典文学大系（岩波書店）『中世和歌集　室町篇』に「三玉集」をうかがわせる注釈があり、『日本名歌集成』（學燈社）が、この時代の歌人を多く拾い、評釈を加えているのを見るのみである。何よりも私たち自身が、まず、この時代の和歌を考えるための基盤的な見取り図を欲したことが公にすることの直接的な動機であった。もちろん、併せて、この時代の和歌についてより広い層の読者に知っていただきたいという思いもある。それに値する和歌群だと思うからである。

以上、本書刊行に至る事情を述べてきた。本書は共同作業であると同時に個人作業の集積である。両面にわたって、大方の叱声を期待するところである。

人物	掲載ページ数	文学事項など
	245	
	146	幕府、徳政令を発する
	156	
・道堅(未詳)没	46、257、152	○『犬筑波集』(宗鑑編)この頃か
	31	
	37	
		武田晴信(信玄)、父を追放
		○『守武千句』(荒木田守武)
	74	種子島に鉄砲伝来
	163	
守武(77)没	80、289	フランシスコ=ザビエル来日
	90	
		川中島の戦
	87	
		織田信長、足利義昭を奉じて上洛
	178	
		○三条西実枝、細川幽斎に古今伝授
	182	織田信長、将軍足利義昭を追放。足利幕府滅亡
		長篠の戦
	93	
		○『明智光秀張行百韻』(明智光秀・紹巴、他)、本能寺の変
	173	
		秀吉、太政大臣、豊臣姓を賜る
		北野大茶会
		秀吉、朝鮮に出兵。このころ活版印刷法が伝わる
	96	
	188	
		関ヶ原の戦

西暦	元号	天皇	将軍	本書に登場する
1527	大永 7			肖柏(85)没
1530	享禄 3			素純(70余か)没
1531	享禄 4			細川高国(48)没
1532	天文元			邦高親王(77)没・宗長(85)没
1533	天文 2			徳大寺実淳(89)没
1537	天文 6			三条西実隆(83)没
1538	天文 7			
1540	天文 9			
1543	天文12			卿内侍(61)没
1545	天文14			十市遠忠(49)没
1546	天文15		足利義藤	
1549	天文18			冷泉為和(64)没・荒木田
1554	天文23		(義輝に改名)	
1557	弘治 3	正親町天皇		後奈良天皇(62)没
1561	永禄 4			
1563	永禄 6			三条西公条(77)没
1565	永禄 8		足利義親	
1566	永禄 9		(義栄に改名)	
1568	永禄11		足利義昭	
1571	元亀 2			北条氏康(57)没
1572	元亀 3			
1573	天正元		将軍不在	武田信玄(53)没
1575	天正 3			
1579	天正 7			三条西実枝(69)没
1582	天正10			
1584	天正12			北畠国永(78)(この後没)
1586	天正14	後陽成天皇		
1587	天正15			
1592	文禄元			
1593	文禄 2			正親町天皇(77)没
1598	慶長 3			豊臣秀吉(62)没
1600	慶長 5			

人物	掲載ページ数	文学事項など
		応仁の乱起こる
		○宗祇、肖柏に古今伝授
		足利義政、銀閣を造営
	7	○『廻国雑記』(道興)
	106	○『水無瀬三吟』(宗祇・肖柏・宗長)
	133	
	117	
		北条早雲、伊豆を攻略
	195	
	120	○『新撰菟玖波集』(宗祇ら撰)
	209	
	219	
門天皇(59)没	3、11	○『七十一番職人歌合』この頃
	228	○宗祇、三条西実隆に古今伝授
(この後没)	109、237	
		○『北野天神縁起絵巻』(土佐光信画)
	19	
		○『六家抄』(肖柏編)
		○『梅花無尽蔵』(万里集九)この頃
(この後没)	7、280	
	267	
		○『細流抄』(三条西実隆) ○『藻塩草』(宗碩編)この頃
	139	
	68	○『閑吟集』 ○『翰林葫蘆集』(景徐周麟)
	103	
		○『守武千首』(荒木田守武)
(79)没	50、24	
	299	
	56	

登場人物年表

〔掲載ページをたよりに和歌をご覧ください〕

（山本啓介）

西暦	元号	天皇	将軍	本書に登場する
1467	応仁元	後土御門天皇	足利義政	
1473	文明 5		足利義尚	
1481	文明13			
1482	文明14			
1487	長享元			
1488	長享 2		（義熙に改名）	蜷川親元(56)没
1489	延徳元			足利義尚(25)没
1490	延徳 2		足利義材(義稙)	足利義政(55)没
1491	延徳 3			
1493	明応 2			正広(82)没
1494	明応 3		足利義高	
1495	明応 4			大内政弘(50)没
1498	明応 7			堯恵(69)(この頃没)
1499	明応 8			蓮如(85)没
1500	明応 9	後柏原天皇		甘露寺親長(77)没・後土御
1501	文亀元			道興(72)没か
1502	文亀 2		（義澄に改名）	宗祇(82)没・木戸孝範(69)
1503	文亀 3			
1504	永正元			姉小路基綱(64)没
1505	永正 2			
1504	永正 3			
1508	永正 5		足利義尹(義稙)	
1509	永正 6			飛鳥井雅康(74)没・桜井基佐
1510	永正 7			兼載(59)没
1513	永正10		（義稙に改名）	
1514	永正11			蒲生智閑(71か)没
1518	永正15			姉小路済継(49)没
1519	永正16			北条早雲(88)没
1521	大永元		足利義晴	
1522	大永 2			
1523	大永 3			飛鳥井雅俊(62)没・冷泉政為
1524	大永 4			豊原統秋(75)没
1526	大永 6	後奈良天皇		後柏原天皇(63)没

［著者略歴］

林　達也

1941年、東京生。

駒澤大学文学部教授。

主著、『日本文芸史』（共編、河出書房新社）、新日本古典文学大系『中世和歌集　室町篇』（共著、岩波書店）、『近世和歌の魅力』（日本放送出版協会）など。

廣木一人

1948年、神奈川生。

青山学院大学文学部教授。

主著、『連歌史試論』（新典社）、『連歌の心と会席』（風間書房）、『新撰菟玖波集全釈』（共編、三弥井書店）など。

鈴木健一

1960年、東京生。

学習院大学文学部教授。

主著、『近世堂上歌壇の研究』（汲古書院）、『江戸詩歌の空間』（森話社）、『江戸詩歌史の構想』（岩波書店）、『古典詩歌入門』（岩波書店）など。

室町《むろまち》和歌《わか》への招待《しょうたい》

2007年6月1日　初版第1刷発行

著者　林　達也
廣木一人
鈴木健一

発行者　池田つや子

有限会社　笠間書院

東京都千代田区猿楽町2-2-3［〒101-0064］
電話 03-3295-1331　Fax 03-3294-0996

NDC 分類：911.142

ISBN978-4-305-70336-1

落丁・乱丁本はお取りかえいたします。

出版目録は上記住所までご請求下さい。

http://kasamashoin.jp/

印刷・製本　モリモト
（本文用紙・中性紙使用）